ベリーズ文庫

エリート外科医との政略結婚は、離婚予定につき

～この愛に溺れるわけにはいきません～

惣領莉沙

STARTS
スターツ出版株式会社

目次

エリート外科医との政略結婚は、離婚予定につき
〜この愛に溺れるわけにはいきません〜
第一章　お見合いは突然に …… 6
第二章　どうしようもなく惹かれていく …… 49
第三章　逆転プロポーズ …… 94
第四章　愛さずにはいられません …… 138
第五章　甘すぎる旦那様に夢中です …… 168
第六章　結婚の裏事情 …… 208
第七章　クリスマスの花火 …… 297
あとがき …… 306

エリート外科医との政略結婚は、離婚予定につき
～この愛に溺れるわけにはいきません～

第一章　お見合いは突然に

「落ち着いたら、遊びに行かせてね。じゃあね」

和合珠希《わごうたまき》は名残惜しい気持ちで病室をあとにした。扉が閉まる直前、赤ちゃんのかわいい泣き声が耳に届き、同僚の西沢志紀《にしざわしき》と顔を見合わせ目を細める。

三日前に出産を終えた入院中の同僚に会いに大宮《おおみや》病院を訪れ、生まれたばかりの赤ちゃんと和やかな時間を過ごしていたのだ。

「新生児ってあんなに小さいんだね。私の周りにいないからびっくりした」

志紀の感慨深い声に、珠希は大きくうなずいた。

「寝顔しか見られなかったけど、それでもかわいいとしか思えないなんてすごいよね。私もそろそろ結婚したいけど現実を考えると……ね。まだ社会人三年目だからお金もないし」

エレベーターを待ちながら、志紀は苦笑する。長く付き合っている恋人との間で結婚の話が出ているらしいが、なかなか踏み切れないようだ。

「志紀は相手がいるだけいいわよ。私なんてそんな悩みを持つ以前の話だもん。羨《うらや》ましいくらい」

珠希は背中の中ほどまで伸ばした長いストレートの黒髪を揺らし、小さく笑う。

長いまつげで縁取られた黒目がちの瞳、少し厚めの唇は色白の小顔にバランスよく収まっていて優しい印象だ。どちらかといえば童顔で、二十五歳という年齢よりも若く見える。

「相手がいないどころか恋愛経験ゼロだもん。友達に赤ちゃんが生まれたって聞くと、なんだかそわそわする」

中学校から大学まで女子校で過ごしたせいか男性との接点が少なく、職場は講師の多くが女性という音楽教室だ。これまで合コンなどにも消極的で学生時代はバイトも未経験となれば、恋愛経験ゼロというのは当然かもしれない。

「志紀が結婚したら、それこそ本気で焦ると思う」

「またまた。それだけかわいいのに、今まで恋人がいたことがないなんて、どれだけ理想が高いのよ。どこかで手を打つことをお勧めする」

志紀の力強い言葉に曖昧《あいまい》にうなずき、珠希はちょうど開いたエレベーターに乗り込んだ。この年になっても初恋すらまだなのだ。理想が高いと言われてもピンとこない。

珠希は恋愛に関する自分のポンコツぶりに肩を落とし、ひとまず話題を変えた。

「志紀はこのあとレッスンが入ってるんだよね」

「うん。エレクトーンの個人レッスン。珠希は？　今日はもうレッスンはないの？」

「うん、レッスンはないんだけど、これから来月のクリスマスイベントの打ち合わせが入っていて」

珠希がその先を続けようとしたときエレベーターが一階に着き、ふたりは揃《そろ》って降りる。

目の前には外来受付があり、明るく広い待合《まちあい》の長椅子に大勢の患者が腰かけている。

ここ大宮病院は、病床数は百五十ほどで、診療科目は八つ。地域のかかりつけ病院をうたう救急病院だ。

「イベントって、ああ、白石《しらいし》病院の？」

出入り口に向かいながら、志紀が話を続ける。

「うん。これから当日の曲目とかの打ち合わせをする予定なの」

珠希が腕時計に視線を落とすと、ちょうど十三時になったばかり。ここからタクシーで二十分もあれば白石病院に着くはずだ。十四時の約束には余裕で間に合いそうでホッとする。

「和合さんですよね」

そのとき、背後から声をかけられた。

「え……?」

振り返ると、スーツ姿の男性が珠希を見つめていた。

「あ、大宮さん」

珠希は表情を固くし、そっと後ずさる。

「やっぱり和合さんでしたね。たまたまお見かけしてつい声をかけてしまいました」

「は、はい。いつも父の会社がお世話になっております。兄もこちらに伺う機会が多いと聞いています」

珠希を呼び止めたのは、大宮病院の医師、大宮臣吾《しんご》だ。大宮病院の院長の長男で、近いうちに父親の後を継いで院長の任に就くと言われている。三十代半ばくらいで中肉中背のおとなしい印象の男性だ。

「今日はいかがされましたか？　お兄さんは定期的にこちらにいらっしゃるのでご挨拶させていただく機会がありますが。まさか、体調が優れないとか」

多少つり上がった小さな目を不安げに揺らし、大宮が珠希を見つめている。

「大丈夫です。今日は友人のお見舞いでこちらに伺っただけなので、私はいたって健康です」

大宮と顔を合わせるのは二度目で、前回は兄夫婦と一緒のときに偶然街中で会っただけだ。なのに大宮は必要以上に近づいてくる。珠希は不自然にならない程度にそっと距離を取った。

「そうですか。安心しました」

大宮はそれまでの心配そうな様子から一変、安堵《あんど》の表情を浮かべた。けれど視線は珠希を捉えたまま、逸《そ》らそうとしない。

「あ、あの、それでは私たちはこれで」

珠希はたまらずそう言って、頭を下げた。大宮に全身を観察されているようで居心地が悪く、早くここから離れたい。

とはいえ大宮病院は珠希の実家が経営している和合製薬の取引先であり、MRとして働く兄の拓真《たくま》の担当病院だ。次期院長である大宮の機嫌を損ねるわけにはいかず、愛想よく会釈し出入り口に足を向けた。それまでなにも言わずに様子をうかがっていた志紀もあとに続く。

「和合さん」

歩き始めた途端、大宮の声に呼び止められた。珠希はため息を漏らしそうになるのをこらえ、渋々振り返る。

「これから昼食に出るんですけど、一緒にいかがですか？　この近くにパスタがおいしい店があるんです」

大宮の言葉に、珠希は顔をひきつらせる。初めて会ったときにも食事に誘われたり、連絡先を聞かれたりして困ったのだ。

「このあとお仕事があるなら私が車でお送りしますし、大丈夫ですよ」

「あ、えっと……」

そう言われても、珠希にその気はない。どう断るのが正解だろうと困り、助けを求めるように志紀に視線を向けた。

珠希の視線に気づいた志紀は、慌てて「そうそう」と口にしながら大きな動きで手を叩《たた》いた。

「珠希はこれから来月のイベントの打ち合わせなんだよね。約束の時間が迫ってて食事をする時間もないって言ってなかった？　急いだ方がいいんじゃない？」

わざとらしい笑顔を作り、志紀は大きな声で珠希に話しかける。

「あ、あ……そうだった」

志紀の真意を察して大きな声で答え、珠希は振り返った。

「大宮さん、すみません。このあと打ち合わせが控えていて、急いでいるんです。残念ですが遠慮させてください。本当に申し訳ありません」

珠希はそう言って勢いよく頭を下げる。大宮は多少ムッとした顔をしているが、仕方がない。決して嘘《うそ》を言っているわけではないのだ。

「それでは、失礼いたします。今日はわざわざお声がけくださりありがとうございました」

「あ、あの、和合さん。だったら連絡先を――」

「今後も兄がこちらでお世話になると思いますのでよろしくお願いします」

焦る大宮の言葉を聞こえなかった振りで遮り、続けざまに「では失礼いたします」と告げた。

「あ、本当に急がなきゃ。先方を待たせるわけにはいかないし」

珠希の言葉に、志紀も大きな声で反応する。

「でしたら私が車でお送りしましょうか」

大宮も食い下がる。

「いえ、お気づかいはありがたいのですが、電車の方が早いので大丈夫です」

珠希は優しい声音ながらもきっぱりと言う。

「そ、そうですか……」

大宮は肩を落とし、ぼんやりとつぶやいた。

「ごめんね、まさか大宮さんと顔を合わせるとは思わなくて」

珠希は志紀とともに最寄り駅で電車に乗り、ホッと息をついた。

白石病院はここから八駅先にあり、電車だと三十分以上かかる。もともとは大宮病院の前でタクシーに乗るつもりだったが、電車で行く方が早いと大宮に言った手前、仕方なく電車に切り替えた。病院をあとにするときに大宮が出入り口に立ち、珠希を名残惜しそうに見送っていたのでそうするしかなかったのだ。

「さっきの人、大宮病院の次期院長でしょう？　かなり珠希を気に入ってたよね」

「私が和合製薬の社長の娘だから声をかけやすいだけだと思う」

あっさりそう言って受け流す珠希に、志紀はやれやれと口もとを緩めた。

「相変わらずだね。恋愛関係になるとほんと鈍すぎ」

「……余計なお世話です」

珠希は眉を寄せ、志紀をわずかに睨《にら》む。

「でも、あの次期院長かなりしつこかったから、またなにか言ってきそう。大丈夫？」

志紀が声音を変え、真面目な表情で珠希を見つめる。

「え？」

「別れ際も珠希に見とれてぽーっとしてた。まあ、珠希のかわいらしい顔を前にしたら、私もドキドキしちゃうけどね」

「ドキドキって。今まで彼氏のひとりもいない私を慰めてくれなくても大丈夫」

志紀は軽くため息をつき、肩をすくめた。

「うちの教室で大人気の美人先生がなに言ってるんだか。彼氏なんて珠希がその気になったらすぐなのに」

「大人気なのは生徒たちからでしょ？　それも小学生の女の子がほとんど。彼氏ができる見込みはゼロで絶望的」

同僚たちも多くが女性となれば、男性と知り合う機会はほとんどない。

恋人ができる気配などまるでないのだ。

「まあ、和合製薬の社長令嬢だもんね。きっちり箱詰めされた箱入り娘だから、鈍くても仕方がないか」

「もう、鈍いって何度もやめて。それに箱入り娘ってわけじゃないんだから」

たしかに業界トップの売り上げを誇る製薬会社の社長令嬢だが、その立場だけで箱入り娘と決めつけられるのは心外だ。

両親からは兄の拓真か珠希のどちらかに会社を継いでほしいと言われて育てられてきた。世間では長男が継ぐのが一般的だが、珠希の両親は本人たちの意思と能力を考えて会社を任せたいと考え、兄妹に平等に機会を与えた。だから蝶《ちょう》よ花よと甘やかされた、いわゆる箱入り娘ではないのだ。

和合製薬が扱う薬剤は人の命に直結するだけに、企業経営の安定は必須だ。後継者問題を起こさないことも重要で、もしも社長交代がスムーズに行われなかった場合、薬の製造や供給に問題が生じる可能性がある。それを防ぐためにも、代々和合家が社長職を引き継いでいるのだ。

それに、和合製薬は創立百年を超える老舗《しにせ》企業で、グループ会社を含めると従業員は全世界に五万人近くいる。従業員とその家族の生活を支えなければならない現実を考えれば、半端な覚悟で社長という責任ある役職に就くことはできない。

珠希は両親から、薬を必要とする人の気持ちを第一に考え、寄り添えるだけの正義と強さを身につけるようにと繰り返し言われてきた。和合家という裕福な家庭に生まれたことにあぐらをかかず、心身に弱点を抱える人のために尽くせとも。

「珠希のお兄さんが後を継ぐんだよね。私、小学生の頃にお兄さん……和合拓真さんのピアノを聴いて感動したのを覚えてる」

志紀がふと口にした言葉に、珠希はぎこちない笑みを浮かべた。

「王子様みたいにかっこいいし、演奏は素敵だし。私が音大に進学を決めたきっかけと言ってもいいくらい」

志紀は両手を胸の前で合わせ、夢見心地でつぶやいている。

「志紀は本当にお兄ちゃんのことが好きだよね。忘れてないと思うけど、お兄ちゃんはとっくに結婚してるから」

「わかってるって。子どもの頃の単なる憧《あこが》れで、アイドルのようなもの」

珠希は呆《あき》れた視線を志紀に向けた。

「アイドルなんて言いすぎ」

「言いすぎじゃないって。和合拓真がピアニストの道を断念して父親の会社を継ぐって聞いたとき、本当にショックだった。それこそ、アイドルが引退してしまうんだから、当然でしょ」

「……そうだね」

彼女以外の人の口からも同じ言葉や思いを聞かされ、胸を痛めた過去を思い出す。

〝和合拓真という才能あるピアニストが、ピアノから離れなければならない悲運〟

〝大企業の御曹司ゆえの宿命〟

──などとSNSで話題になるのも当然。

兄の拓真は中学、高校と音楽科で学び、国内最難関の音楽大学に入学後は国内外のいくつもの音楽コンクールで優勝するなど華々しい経歴を残してきた。

大学院を卒業するときはオーストリア留学の話があったが、拓真はそれを辞退し家業を継ぐ未来を選んだ。それまで一心に向き合っていたピアノから離れ、和合製薬に入社すると決めたのだ。ピアニストとしての将来を嘱望《しょくぼう》されていた中でのその決断は、彼の演奏に注目していた音楽家やファンに大きな衝撃を与えた。

「長男だから仕方がないかもしれないけど、大企業の社長の息子じゃなかったらピアニストとして成功していたはずなのにね」

電車内のざわめきに混じって届く志紀の言葉を、珠希は表情を消して聞き流す。

今の言葉も、これまで何度も耳にしてきた。多くの人が、彼の才能を惜しんだのだ。

それは子どもの頃からの兄の努力と才能を間近で見てきた珠希も同じ。

『俺が会社を継ぐから、珠希はこのまま音楽を続ければいいよ』

留学を断念し大学院卒業と同時に音楽から離れた拓真の言葉が、今も珠希を苦しめている。

『珠希には社長なんて向いてないだろ？』

その日拓真が珠希に見せたのは、ステージに立ったび貴公子と称された艶然《えんぜん》とした微笑《ほほえ》みではなく、子どものような笑顔だった。

それから五年が経《た》ち、珠希は子どもの頃に拓真と通っていた音楽教室の講師として音楽を続けている。珠希を気づかい、自分の人生を家業に捧《ささ》げる決断をした、拓真への申し訳なさを抱えながら。

職場に戻る志紀と途中の駅で別れ、珠希はひとりで白石病院を訪ねた。

白石病院には多くの診療科があり、腕がいいと評判のドクターが大勢いることや最新の医療設備が整っていることが広く知られていて、連日全国から多くの患者が訪れている。大宮病院よりも遥《はる》かに規模が大きく、病床数も三倍以上という、地域の基幹病院だ。

珠希は受付に挨拶を済ませて上階の病院事務所に急いだ。今日はこれから来月のクリスマスイブに開催されるクリスマスイベントの打ち合わせなのだ。

珠希が講師として働いている音楽教室は全国各地に教室を構え、教室ごとに地域貢献活動を行っている。珠希が在籍している教室では、白石病院で毎年クリスマスイブに開催されるイベントに、選抜された講師たちが無償で参加し、病院内のホールでピアノやエレクトーンの演奏をしている。近くの高校の合唱部の生徒が歌声を披露したり、マジシャンやお笑い芸人も参加する大がかりなイベントだ。

普段のレッスンと並行しての準備は大変だが、たった数時間でも音楽が日々病気と向き合っている患者たちの気分転換の一助となるのならと、講師の誰もがこのイベントに協力的だ。珠希は昨年まではこのイベントに携わっていなかったが、今年は演奏者として参加できることになり、張り切っている。

珠希は、イベント責任者の小田原《おだわら》という三十代半ばくらいの女性に会場となるホールへと案内され、当日司会を務める女性を紹介された。

「今回お世話になる和合です。当日、よろしくお願いします」

珠希はそう言って軽く頭を下げた。

「藤野《ふじの》です。こちらこそよろしくお願いします」

珠希と同年代に見える藤野は優しい笑みを浮かべて答えると、手にしていたタブレットを珠希に差し出した。見ると画面には、珠希が事前に提出していた当日演奏する楽曲のリストが表示されている。

「変更があれば前後の時間配分も見直す必要があるので早めに教えていただけるとありがたいです」

藤野の問いに、珠希は小さくうなずいた。

「変更はありません。ただ、ここには六曲リストアップしていますが、時間的に大丈夫かどうか気になっているんです」

藤野はタブレットの画面を眺めながら「大丈夫だと思います」と答えた。

「時間的にはOKです。ただ、よく耳にする曲ばかりですが、エレクトーンだと曲の雰囲気が変わりますよね。曲紹介のコメントを作る参考にしたいので、一度ざっと聴かせてもらってもいいですか？」

「あ、はい。それはかまいませんが……」

突然演奏を頼まれ、珠希はステージを確認した。上手《かみて》側にエレクトーン、そして下《しも》手《て》側にグランドピアノが置かれている。

珠希は弾いてもいいのだろうかと、小田原に顔を向けた。今日は打ち合わせだけで、演奏は直前のリハーサルと本番だけだと聞いていたからだ。

すると小田原は顔をほころばせ、「ぜひ、お願いします」と声を弾ませた。そしてタブレットを覗《のぞ》き、その中の一曲を指差した。それは、二十代の男性五人組の国民的アイドルグループ「グリシーヌ」の曲で、グループ唯一のクリスマスソングとして有名だ。

「私、この曲が大好きなんです。だから、聴いてみたいです」

「あ、私も同じです。以前グリシーヌのCM発表会の司会をしたことがあって、そのときから彼らの大ファンなんです」

「じゃあ、とりあえずこの一曲だけ」

　珠希はふたりから向けられる期待に満ちた声と表情に気圧《けお》され、エレクトーンへと足を向けた。

　まずは電源を入れて、バッグから取り出した音源データが入ったUSBをエレクトーンに挿し、手早く設定を完了させる。

「始めますね」

　珠希は背後に立つふたりに声をかけ、演奏をスタートさせた。

　パイプオルガンの音色から始まるその曲は、序盤はゆっくりとしたテンポで進み、次第にいくつもの音色が重なりアップテンポに変化していく。

　初めてのクリスマスを過ごす恋人たちのはしゃぐ気持ちを歌った曲で、五年前に発表され、CMでも使われていたことから誰もが一度は耳にしたことがあるだろう。

　珠希自身も大好きで、今も弾いているうちに緊張感は薄れ、歌詞が口をついて出るほど心も弾む。

自然と身体はリズムをとりながら揺れ、指先も踊るように鍵盤の上を動き回る。

曲のラストもパイプオルガンの音色がしばらく続き、それほど長くない四分ほどの曲を、珠希は気持ちよく弾き終えた。

両手両足を鍵盤から離し、ミスなく演奏できたことにホッと息をついたとき。

「すっごーい。グリシーヌだ」

甲高い女の子の声がホールに響き渡った。

「エレクトーンって、いろんな音が出るからおもしろい。ピアノと違うんだ」

演奏の途中でホールに入ってきたらしい小柄な女の子がステージに近づきながら、目を輝かせている。

「遥香《はるか》ちゃん、突然ホールに入っていくからびっくりしたよ。足は痛くないか?」

女の子のあとを追う白衣姿の男性が、心配そうに声をかける。女の子は遥香という名前らしい。

「うん。平気。リハビリのときみたいに痛くない」

明るく話す遥香に、男性は「調子がいいな」と笑っている。

「あの、足って……それにリハビリって、大丈夫ですか?」

珠希はふたりのやり取りが気になり、立ち上がって声をかけた。

「あ、突然すみません」

男性は遥香の身体をゆっくり抱き上げ、ステージに上がってきた。

「ほら、まずは挨拶だな」

「はーい」

慎重にステージの上に下ろされた遥香は、珠希に向かい合い「三好《みよし》遥香です」と元気に挨拶する。色白で目がくりくりしたかわいらしい女の子だ。

「遥香ちゃん。こんにちは。何歳かな？　小学生？」

珠希は腰を落として遥香と目線を合わせる。

「八歳です。小学三年生。でも、車とぶつかって怪我をしたから今は学校には行ってません」

遥香の声は次第に小さくなる。華奢《きゃしゃ》な身体はひどく寂しそうで、珠希はどう声をかけていいのかわからず、遥香の傍《かたわ》らに立つ男性に視線を向けた。

「あ、私は彼女の担当医の宗崎《そうざき》です」

男性は珠希の視線に気づき、笑顔で答える。

「は、はい」

彼の首にぶら下がっているＩＤカードには【脳神経外科　医師・宗崎碧《あおい》】と書か

れている。

三十代前半くらいだろうか、長身で、きりりと整った顔立ちの男性だ。すっきりとした短めの髪に意志が強そうな大きな目、そして綺麗に通った鼻筋の下には形のいい薄い唇。一見クールな印象だが、遥香を見る彼の表情は柔《やわ》らかく温かい。

珠希は心なしか自分の体温が上がったような気がして、慌てて宗崎から視線を逸らした。

「退院したら、学校にも通えるよ。半年間よく頑張ったね」

「半年も?」

遥香を励ます宗崎の声に、珠希は驚いた。少し足を引きずることには気づいていたが、半年の入院が必要なほどの怪我を負っているとは思わなかったのだ。

宗崎は優しい笑顔で遥香の頭を撫《な》でている。

「早く学校に行けるように、嫌がらずに手術も受けて頑張ったんだよな。今はリハビリを兼ねて院内を散歩していたんです」

「そうなの！　散歩してたらグリシーヌの曲が聞こえてきたからびっくりした。エレクトーンってすごい」

遥香はうつむいていた顔を上げ、エレクトーンを食い入るように見る。

「あの、すみません」

傍らで様子を見守っていた小田原が、スマホを確認しながら申し訳なさそうに口を挟む。

「これから藤野さんと私は別件の打ち合わせが入っているので失礼します。素敵な演奏をありがとうございました。本番が待ち遠しいです」

「ありがとうございます。当日もいい演奏ができるように頑張ります」

小田原の言葉に、珠希は声を弾ませる。

「ここはこのあと予定が入っていないので、もしも楽器の確認をされるのなら、どうぞお使いください」

小田原はそう言って、藤野を伴いホールを出ていった。

「足にも鍵盤があるんだ」

遥香はエレクトーンに近づき、興味深そうに眺めている。

「さっきのグリシーヌの曲はCDと同じ音だったから、ここにグリシーヌがいるかもしれないってびっくりした」

「ふふっ。がっかりさせてごめんね。グリシーヌが演奏しているのと同じ音をデータを使って再現できるのよ」

珠希はエレクトーンの端に挿しているUSBを指差し、説明する。

「すごいなあ……。遥香も弾いてみたい。だけど……」

遥香は肩を落とし、弱々しくつぶやいた。

「遥香ちゃん？」

遥香のくぐもった声に、珠希は首を傾《かし》げる。

今の今までエレクトーンに興味津々で楽しそうにしていたのに、どうしたのだろう。体調がよくないのだろうかと慌て、遥香の背後に立つ宗崎を見やった。

宗崎は珠希を安心させるように笑顔を向け、微《かす》かに首を横に振る。

「弾いてみたいなら練習してみたらいいと思うよ。そろそろ退院できそうだってリハビリの先生も言ってたから、お母さんと相談したらどうだ？」

宗崎は遥香と目を合わせるように膝をつき、ポンポンと彼女の頭を撫でる。

「遥香ちゃんが好きなグリシーヌだって弾けるようになると思うぞ」

穏やかな口調で遥香にそう言いながら、宗崎は同意を求めるようにチラリと珠希を見る。

「グリシーヌの曲でも、他の曲でも、弾けるようになるよ」

エレクトーンに限らず子どもに音楽を楽しんでもらえるのはうれしい。遥香がアイドルグループの曲をきっかけにエレクトーンに興味を持ったのなら、ぜひとも応援したい。

「遥香ちゃんと同い年の子もたくさん練習してるよ。もちろんグリシーヌが大好きな子もいっぱいいるし」

「そうなんだ……」

ピンクのトレーナーの裾《すそ》を指先で弄《もてあそ》びながら、遥香は沈んだ声でつぶやく。

「どうした？　大丈夫だよ。誰でも最初は不安なんだ」

「だって遥香の手、ちゃんと動かないから」

遥香は目を潤ませながらそう言うと、ぎこちない動きで両手を宗崎の目の前に差し出した。

「お箸の練習をしても、まだスプーンでしか食べられない。エレクトーンだって無理に決まってる」

珠希は遥香が足だけでなく手にも怪我を負っていると知り、そのことに配慮できなかった自分を悔《く》やんだ。

「なにいじけてるんだよ。遥香ちゃんの手も足もリハビリ次第でちゃんと治るんだ。エレクトーンだけじゃないぞ。かけっこも水泳も、なんでもできる」

宗崎は遥香の手を両手で優しく握り、力強くうなずいた。

宗崎の大きな手にすっぽり包まれた遥香の小さな手。トレーナーの袖口からわずかに覗く手首には、交通事故でできた傷痕だろうか、白い線が何本か浮かんでいる。

「エレクトーンは鍵盤が軽いから、大丈夫」

珠希は遥香たちの傍らに膝をついた。

鍵盤が重いピアノはリハビリとしてはハードかもしれないが、エレクトーンなら鍵盤は軽いうえに自動演奏という機能もある。肉体的にも精神的にもラクに楽しめるはずだ。

「退院したら私がいる教室に来てみない？　グリシーヌの曲が弾けるように教えてあげる」

「ほんと？」

「ほんとほんと。エレクトーンを弾きながら、一緒に歌うのも楽しいよ」

珠希の力強い声に、遥香は自分の両手とエレクトーンを交互に見つめる。その目はエレクトーンへの好奇心でキラキラしている。

「じゃあ、エレクトーンを練習したいってママに頼んでみる」

それまでの沈んだ声とはまるで違う遥香の明るい声が、ホールに響いた。

珠希はホッと息をつく。

「遥香ちゃん、お部屋にいないから捜してたのよ」

突然、大きな声と同時に看護師がホールに入ってきた。

「師長、申し訳ない。リハビリのつもりでふたりで散歩してたんだ」

宗崎はステージ近くまでやってきた看護師に説明する。

「宗崎先生、リハビリはいいですけど、ナースにひと声かけてくださいね」

困ったようにそう言って、看護師は遥香に視線を向けた。

「遥香ちゃん、お友達がお見舞いに来てるから、戻りましょう」

「うん。わかった。あおい先生、ばいばい。それと……」

遥香は珠希を見上げた。珠希をどう呼べばいいのか迷っているようだ。

「私は珠希っていうの。来月のクリスマスイブにここでエレクトーンを弾くから、そのときにもしも病院にいたら聴きに来てね」

珠希はにっこりと微笑み、小さく手を振った。

「打ち合わせ中だったのに、いきなり飛び込んで申し訳ない」

「いえ、打ち合わせはほとんど終わっていたので大丈夫です」

バッグにUSBやタブレットをしまいながら、珠希は振り返る。

宗崎は身長百六十センチの珠希よりも頭ひとつ背が高く、白衣がよく似合っている。

白石病院の脳神経外科は、最新の医療設備が揃っているのはもちろん、脳外科の権威として世界に知られる笹原守《ささはらまもる》という医師の存在が有名だ。

笹原のもとで学びたくて、国内中から熱意のある優秀な脳外科医が白石病院に集まっていると拓真が言っていたのを思い出した。

目の前にいる宗崎も、エリート脳外科医のひとりなのだろう。

切れ長の涼しげな目が印象的な顔は、ため息が漏れそうなほど整っている。スラリとした体軀《たいく》は白衣を着ていてもスタイルのよさが際立って、医師というよりもモデルのようだ。

ただでさえ男性との接点がないというのに、ハイレベルな男性とふたりきり。珠希は居心地の悪さを覚えどぎまぎする。

「あの、遥香ちゃんですけど」

急に速くなった鼓動をごまかすように、珠希は口を開いた。

「強引にエレクトーンを勧めてしまいましたけど、よかったんでしょうか。計画を立ててリハビリに取り組んでいるのに、私が余計なことを言って治療の邪魔をしたかもしれないですよね。すみません」

　遥香の手足に残る事故の後遺症についてなにも聞かずエレクトーンを勧めたが、それがよかったのかどうか、今さらながら気になっている。もしも遥香の身体機能が今より改善する見込みがないのなら、日常生活への対処が優先されるはずだ。

「逆だよ」

　表情を曇らせる珠希に、宗崎はあっさりと答える。

「遥香ちゃんは、いくら頑張っても思うように効果が出ないからリハビリをさぼりがちなんだ。だからなおさら回復が遅れてしまうっていう悪循環。まあ、まだ八歳だし、学校にも行けなくてつらい思いをしているから、俺たちも強く言えないんだよね」

「そうなんですか……」

　宗崎の淡々とした声に、珠希は相槌《あいづち》を打つ。

「だからエレクトーンを勧めてくれて、ありがたかった」

　宗崎は珠希との距離を詰め、ぽつりと返した。

「遥香ちゃんがあんなにわくわくしている顔を久しぶりに……いや、違うな。入院して以来初めて見たかもしれない」

　そこで言葉を一度区切り、宗崎はわずかに眉を寄せた。

「俺たち医師は治療を最優先に考えるから、遥香ちゃんがなにに興味を持ってなにときめくかなんてあと回し。昨日今日とリハビリを休んだから診察後に散歩に連れ出したはいいけど、なにを話していいのかわからないし、遥香ちゃんも全然楽しそうじゃなくて」

宗崎は苦笑し小さく息を吐く。

「だけど、ホールから曲が聞こえてきた途端、表情が一瞬で変わったんだよ。まだ少し引きずる足で一目散にホールに入っていくんだ。よっぽどあの曲が好きなんだな」

突然ホールに飛び込んできた遥香は、全身でグリシーヌの曲が好きだと訴え、エレクトーンを弾く珠希をきらきらした目で見つめていた。

「それに、リハビリを続ければ手も足も元通りになるはずだから、エレクトーンを始めるのはいいと思う。リハビリを頑張るモチベーションにもつながるだろうし」

「……よかった」

遥香の手足が元通りになる可能性が高そうで、珠希はホッと胸を撫で下ろす。

「あ、だったら」

珠希は椅子の上に置いていたバッグの中から名刺を取り出し、宗崎に差し出した。

「ご挨拶が遅れましたが、音楽教室で講師をしております和合珠希と申します。遥香ちゃんにエレクトーンを練習したい気持ちがあるようなら、ここに連絡をくださいと伝えていただけますか？」

家族の考えもあるのでどうなるのかはわからないが、もしも遥香がそれを望むなら力になりたい。

「和合……って」

名刺に記された珠希の名前を確認し、宗崎はいぶかしげに珠希を見つめる。

「あ、お医者様ならピンときますよね」

珠希は宗崎の言葉に気まずそうに答えると、表情を整え再び口を開く。

「父の会社がいつもお世話になっております。お気づきのようですが、父が和合製薬の社長を務めております。あ、ですが私は父の会社とは無関係です。名刺にあるように音楽教室の講師ですから」

和合製薬は白石病院にも多くの薬を納品している。会社の印象に影響がないよう、珠希は丁寧に頭を下げた。

「君が和合製薬のお嬢さん……」

宗崎は目を見開き、呆然《ぼうぜん》とつぶやいている。

和合製薬の社長令嬢が家業以外の職に就いているのがそれほど信じられないのだろ

うか。それともなにか機嫌を損ねるようなことをしてしまったのだろうかと、珠希は不安になる。

するとと宗崎は表情を緩め、笑みを浮かべた。

「もう一枚名刺をもらってもいいかな」

「あ、はい。それはもちろんかまいませんが」

珠希は名刺をもう一枚手渡した。

「ごめんね。院内では自分の名刺を持ち歩かないから。ここに書かせてもらうよ」

宗崎は胸ポケットに差していたペンを手に取り、珠希から受け取った名刺になにやら書き始めた。

その後仕事に戻る宗崎と別れ、珠希は白石病院をあとにした。

会場を確認したことで、クリスマスイベントへの参加が決まって以来抱えていた緊張が、わずかに和らいだようだ。

「え?」

病院の敷地を出てすぐ、珠希は目の前の交差点を渡った先に、レンガ造りのかわいらしいレストランがあるのに気づいた。五年前に白石病院に通っていたときにはなかったはずだ。

今日病院に駆けつけたときには約束の時間が迫り焦っていて、気づかなかった。

珠希は信号が青に変わるのを待ちながら、興味深げにその店を眺めた。そしてふと振り返り、白石病院を見上げる。

国内屈指の大病院だけあって、敷地面積は広く複数ある病棟はどれも大きく立派だ。三年ほど前に改装を終えた外観はとても綺麗《きれい》で、優しいベージュ色に統一され温かい雰囲気を漂わせている。五年前には平面駐車場だった場所はその面影をすっかり消して公園に変わり、近所の人たちの憩いの場になっていた。

「おじいちゃん……」

珠希の口から、切ない声が漏れた。

改装を経てすっかり様変わりした白石病院を見ても、胸は痛まない。珠希はしばらくぶりに訪れた白石病院の変化に、改めて安堵の息を吐く。

五年前に珠希の祖父が白石病院で亡くなり、当時の悲しみを思い出すのがつらくて今日もここに来るまで不安だったのだ。

珠希が大学生だったある日、祖父は頭痛と吐き気で倒れて救急車で白石病院に運ばれた。画像診断で進行が速い悪性腫瘍《しゅよう》のようだと診断され早々に手術が行われた。病理診断の結果は、脳の表面ではなく内側に発生した腫瘍が、脳の中央にしみ込むように広がっていく悪性度4の脳腫瘍だった。

白石病院の脳神経外科の顔ともいえる笹原医師と数人の医師が、検査結果や術後の画像を両親に見せながら説明するのを、珠希は呆然と聞いていた。

『脳外科医を志す者の多くが、いつか自分がこの病気の治療法を見つけたいと考えています。今回の手術で腫瘍を可能な限り摘出しましたが、隠れた腫瘍細胞が周囲にしみ込んで残っていると思われます。再発した場合の標準治療は、確立されていません』

笹原医師は苦しげにそう言って、頭を下げた。その姿を前にして、珠希たち家族は祖父の病状が相当深刻なものだと覚悟した。

それから間もなく、恐れていた再発が確認され、祖父はあっという間に亡くなった。進行が速いと知らされていたが、あまりの速さに珠希は強いショックを受けた。

心のどこかで笹原のような有名な医師なら助けてくれるのではないかと、期待していたのだ。

『わかっているんですけど……お医者様は魔法使いじゃないんですね』

『いつか、魔法使いのようにどんな病気も治療できる医師になりたいって思ってるんだけどね。まだまだ努力が必要なようだ……申し訳ない』

悲しみのあまりつい漏れ出た珠希の言葉を、笹原は聞き流すことなく淡々と受け止め、詫《わ》びた。

もちろん、それは珠希にもわかっていた。

医師はすべての病気を治せる魔法使いではない。どれほど患者を思い、精一杯の治療を施しても、助けられない命がある。

そして、祖父が設立した和合製薬が開発した薬でも、治せない病はあるのだ。

その事実に珠希は虚《むな》しさを感じ、そんな自分は製薬会社の社長には向かないと感じずにはいられなかった。

それ以来祖父を思い出すのがつらくて白石病院を避け続け、クリスマスイベントの演奏者に指名されてからは緊張が続いていた。

けれど白石病院は全面改装されていて、祖父を思い出すことなく打ち合わせを終えることができた。イベント当日にもいい演奏ができそうだと安堵している。

そのとき信号が青に変わり、周囲が動きだした。珠希も流れに合わせて足を踏み出す。

目の前には五年前にはなかったレストラン。そして背後の白石病院に当時の面影はない。祖父の死から五年が経ち、その間の変化の大きさを実感する。

自分もそろそろ気持ちを切り替える時期なのかもしれないと考えながら交差点を渡り終えた。

今日はこのまま直帰していいと上司に言われているが、一応電話を入れておこうとコートのポケットに手を差し入れた。

「あれ？」

スマホ以外のなにかが指先に触れ、取り出した。それは珠希自身の名刺で、裏には宗崎の名前と電話番号が書かれている。

『俺の連絡先。遥香ちゃんのことでなにかあればいつでもどうぞ』

宗崎がそう言って書いてくれたのだ。

宗崎は、遥香にとってエレクトーンの練習はリハビリにはうってつけで、入院が長引いて学校にも通えていない彼女のいい気分転換にもなると考えているようだった。

宗崎の色気のある低い声を思い出し、珠希の頬がほんのり赤くなる。おまけに男性の連絡先を知ることなど滅多にないせいか、手の中の名前と電話番号がひどく特別なものに思えた。

宗崎碧。

五年前祖父の主治医だった笹原と同じ脳外科医だ。彼も笹原を目標にして白石病院で働いているのだろうか。だとすれば、かなりの倍率をくぐり抜けて選ばれた優秀な医師に違いない。

珠希は、遥香を優しく見守っていた宗崎の顔を思い出しながら、名刺をバッグの内ポケットに丁寧にしまった。


白石病院での打ち合わせから一週間が経ち、珠希はレッスンと並行してクリスマスイベントの準備に時間を割いていた。演奏曲の練習や衣装の用意など、しなければならないことは山積みで、毎日があっという間に過ぎていく。

今日も二十時までのレッスンを終えたあと、疲れた身体で帰宅した。

珠希の自宅は高級住宅が建ち並ぶ閑静な住宅街にある。周辺には緑が多く、駅にも近い。

祖父が建てた立派な日本家屋は、珠希が大学生のときに改築したばかり。６ＬＤＫと部屋数が多く、通勤に便利なこともあり、珠希は今もここで両親と暮らしている。

「ただいま」

珠希がリビングに顔を出すと、父と母がローテーブルを挟んで座り、手元にある書類のようなものを真剣に眺めていた。

「どうしたの？　なにかあった？」

珠希の声に、両親は揃って珠希に視線を向けた。

「あ、おかえりなさい。今日も遅くまでお疲れ様」

珠希の母は、テーブルの上の書類をそれとなく父親の手元に寄せながら立ち上がる。

「お腹が空いたでしょう。今日は珠希が好きな豚の角煮を作ったから今温めるわね。

あ、その前に手を洗ってきてね」

「はーい」

豚の角煮と聞き、珠希は目を輝かせた。

「珠希」

父の固い声に呼び止められ、珠希は振り返る。

「なに？　とりあえず手を洗ってくるね」

疲れているうえに空腹で仕方がない。早く手を洗って食事にしたい。

「見合いの話がある。次の日曜日だから空けておいてくれ」

「え？」

父の言葉に、珠希は眉を寄せた。

「……えっと、今なんて？」

たしか見合いと聞こえたが、これまでそんな話が出たことはない。

「父さん？」

父も母も表情を消して珠希を見つめている。

「見合いって、どういうこと？」

掠《かす》れた声で問いかける珠希に、父は「珠希のためなんだ」と自身に言い聞かせるようにつぶやき、ぎこちない笑みを浮かべた。

「白石病院のお医者様で、とても優秀な方らしいわよ」

母の熱心な声に上《うわ》の空《そら》でうなずきながら、珠希は目の前のタブレットを食い入るように見つめていた。

そこに表示されているのは、白石病院のホームページに不定期に掲載される、医師のブログだ。各診療科の医師が持ち回りで書いているらしく、今眺めている記事のテーマは脳卒中だ。

「見た目も素敵よね。モデルさんか俳優さんみたい」

「うん……」

記事の右上には執筆した男性医師の顔写真があり、珠希は見覚えのあるその顔から目が離せずにいる。それは先日知り合ったばかりの宗崎だった。

「今は白石病院の脳神経外科に勤務しているが、いずれご実家の病院を継がれる予定だ。宗崎病院は知っているだろう？　彼は……碧くんは院長の息子なんだ。何度か顔を合わせたことがあるが、人当たりがよくて頭が切れそうな優秀な医師だな」

「宗崎……碧」

珠希は父が口にした名前をぼんやりと繰り返した。

唐突に珠希に持ち込まれた見合いの相手は、宗崎だったのだ。

「でも、どうして突然お見合いなんて……」

両親も拓真も恋愛結婚で、珠希にもこれまで一度も見合いの話などなかったうえ、結婚についてうるさく言われた記憶もない。

それなのにいきなりの見合い話。おまけに相手は知り合ったばかりの宗崎だ。見合いと聞いて断ろうと考えたが、相手を知った途端、思わず言葉をのみ込んでしまった。

「それに、父さんは癒着《ゆちゃく》を疑われたくないからって、特定の病院との深い付き合いを避けてるよね。なのに、どうして宗崎病院と縁をつなぎたいの？」

これまで父が頑《かたく》なに貫いてきた信念からかけ離れた話を、珠希は簡単には信じられない。

「それは……和合製薬の今後の発展を考えたとき、宗崎病院との縁は願ってもない話なんだ」

「発展……」

あらかじめ用意していたかのようにすらすらと答える父を、珠希は力なく見つめる。

「新薬開発にはかなりのお金が必要なのはわかるだろう？　だから売り上げを伸ばして開発費用を捻出《ねんしゅつ》しなければならない。そのためには宗崎病院と関係を強化して、経営基盤を盤石なものにする必要があるんだ」

「う……うん。それはなんとなくわかるけど」

父の強い声音に気圧され、珠希は椅子の上で後ずさりする。

ただ、経営基盤と言われて和合製薬の直近の決算報告の数字を思い出してみたが、問題点があるとは思えなかった。

そんな中で父がこれまでの信念を曲げてまで特定の病院との関係強化を進めようとしているのが腑《ふ》に落ちない。

けれど深刻そうな表情を目の前にすると、それ以上なにも言えなくなる。

「お見合いなんて考えてなかったし……」

まとまらない感情を整理しながら、珠希はため息をつく。

「拓真もこのお話に乗り気なのよ」

それまで父と珠希のやり取りを眺めていた母が、おもむろに口を開いた。

「え、お兄ちゃんもこの話を知ってるの？」

「拓真は宗崎病院の担当だから、碧さんと顔を合わせたこともあってね。とても優秀なドクターだから、ぜひ進めるようにと言っていたわ」

母は身を乗り出し、にっこり笑う。

「珠希を猫かわいがりしている拓真も納得の立派な男性のようだし、いいんじゃない？　お見合いしてみたら？」

「してみたらって……他人事《ひとごと》みたいに」

母は珠希が拓真に弱いのを知っていて、わざと言っているのだ。だとすれば、この見合いをどうしても進めたい理由があるのかもしれない。

「笹原先生のもとで働いていることだけでも、優秀なドクターだってわかるわよね」

「それは、わかるけど……」

見合いを強く勧める母の言葉が続き、珠希はじわじわと外堀を埋められているような気がした。

こうなると見合いをしないわけにはいかないだろう。

それにしても、珠希の気持ちを完全に無視して話を進めるやり方は、珠希の人間性や幸せをなにより大切にしている父や母、そして拓真からは考えられない。

なのに今、珠希の意思は置き去りにされたままだ。どう考えてもおかしい。

珠希はタブレットの画面に浮かんでいる碧の整った顔を見ながら、重い息を吐き出した。


自室に戻った珠希はラグの上に腰を下ろし、ローテーブルに置いているパソコンの電源を入れた。

唐突に持ち上がった見合いへの疑問や不安は、好物の角煮を堪能《たんのう》し湯船に浸《つ》かってリラックスできたせいか、今はひとまず落ち着いている。

見合いをしたからといってすぐに結婚に直結するわけではないと気づいて、気がラクになったからだ。

宗崎のように見た目抜群の医師なら見合いなどしなくても結婚相手には困らないはずで、今も将来を考えている恋人がいる可能性が高い。珠希と同様に、周囲から強引に見合いを勧められて断りきれず、困っているかもしれない。

一週間ほど前に見た宗崎の端正な顔を思い出し、きっとそうだろうと納得する。

顔だけでなく、白衣姿がよく似合うスラリとしたスタイル。自分にはもったいないほど素敵な人だった。見合いをしたとしても宗崎の方から断りを入れてくるはずだ。気を揉《も》む必要はないだろう。

湯船の中で思いついて以来、珠希は何度もそう自分に言い聞かせている。ただ、そのたび胸に走る鈍い痛みがなんなのか、わからないままだ。

「そういえば……」

珠希は傍らにあるバッグの中から宗崎の連絡先が書かれた名刺を取り出した。

そこには丁寧な文字が並んでいて、あの日手渡されて以来、何度もこうして眺めている。

珠希は白石病院のホールで交わした宗崎とのやり取りを思い返した。

そして、断られるはずの見合いだとわかっていても、再び宗崎と会えるのを楽しみにしていることに気づく。

それだけではない。たとえ強引に勧められたとはいえ、拒否しようと思えばできただろう見合いを結局受け入れたのは、相手が宗崎だったからにほかならない。

――宗崎にもう一度会いたい。

珠希は手の中の名刺を見つめながら、心の奥から湧き上がる本音に頬を赤らめた。

「それにしても……」

珠希は名刺をテーブルの上に置き、眉を寄せる。

ここ十分ほど、和合製薬のホームページに掲載されている決算報告を見返しているのだが、そこに不安要素は見当たらない。

考えすぎだろうかと思う一方で、特定の病院との癒着を嫌う父が執拗に見合いを勧める事実を考えると、やはり和合製薬の経営状況は芳《かんば》しくないのだと想像できる。

「それって、まずい」

和合製薬が背負っている社会的責任を考えると、経営状況の悪化は見過ごせない。和合製薬の薬剤によって生かされている患者たちのためにも、安定的な経営を維持することは必須なのだ。

拓真がピアニストになる夢をあきらめ、父の後継者としての道を選んだのも、会社を順調に成長させていかなければならないという和合家の責任を、拓真が理解していたからだ。

そのおかげで珠希は今、講師として音楽教室で働いている。

本来ならピアニストとしての将来を期待されていた拓真よりも珠希が後を継ぐべきだったのに――。

珠希は絶えず抱えている拓真への申し訳なさに、唇をかみしめた。そして同時に決意する。

今回は自分が家のために力を尽くす番だ。

テーブルの上で存在感を示す宗崎の連絡先を眺めつつ、珠希は見合いに向けて覚悟を決めた。

第二章　どうしようもなく惹かれていく

晴天に恵まれた見合い当日、珠希は両親とともに郊外にある料亭『いそやま』を訪れた。

料理のうまさが食通の間で評判となり、予約が取りにくい店としても有名だが、見合い相手である碧の父の友人が営んでいる店らしく、その縁で部屋を用意してもらえたそうだ。

とはいえ揃って医師である宗崎家の父と息子の勤務時間の都合で、午後三時という食事には微妙な時間だ。そのため今回はしっかりとした料理ではなく店自慢の和菓子とお茶を用意してもらった。

広い庭園に面した和室でのひとときは、見合いというシチュエーションを忘れてしまうほど和やかに過ぎていく。

「うちの担当をされている息子さんとは何度も顔を合わせているんですよ。珠希さんはお兄さんとよく似ていらっしゃいますね」

碧の父親であり宗崎病院院長の宗崎怜《れい》は、珠希に優しく笑いかける。そういう彼も、息子の碧とよく似ている。親子揃って抜群の見た目だなと、珠希は感心する。

「私も一度お会いしてみたいわ」

碧の母・千波《ちなみ》ものんびりとした口調で夫に続く。

「会うのはいいが、彼は妻を溺愛している既婚者だ。出会うのが遅かったな」

「妻を溺愛なんて、最高よ。なおさら会いたくなっちゃったわ。だけどまあいいわ。こうして珠希さんとお会いできてうれしいもの。娘がいる人生にも憧れていたのよ。パパもそうでしょ？」

「たしかに、そうだな」

菓子をおいしそうに頬張りながら、宗崎夫妻は人当たりのいい笑顔を珠希に向ける。

珠希たちが部屋に通されてからというもの、ふたりは珠希にあれこれ話しかけては場を盛り上げている。大病院の院長夫妻という肩書きに近寄りがたいイメージを抱いていたが、ふたりとも気さくでホッとした。

碧の母は、三十二歳になっても結婚する気配のない息子にやきもきしていたらしく、この見合いを楽しみにしていたと、あっけらかんと笑っている。

仕事で何度か顔を合わせていた父親同士だけでなく、初対面の母親たちも気が合ったのかすぐに打ち解け話も弾んでいる。

和合家にとっては家業を守るための願ってもない縁談だ。珠希の両親が前向きに臨むのは理解できるが、両家の明るいやり取りからはそんな裏事情はまるで見えない。単純に珠希たちの幸せを願ってこの席を用意したと思えるような、温かな空気感。珠希はこの部屋に足を踏み入れたときから感じている違和感を拭えずにいた。

この見合いによる宗崎家のメリットを思いつかないのだ。

珠希の父と碧の父は新薬の説明会やパーティーで顔を合わせる機会があり、若い頃にはMRと医師としての付き合いもあったと聞いている。当時から仕事への向き合い方に共通する部分が多く互いを認め合っていたが、親密になりすぎないよう努力していたとも言っていた。それはすべて、和合製薬と宗崎病院の間に面倒な噂《うわさ》を立てられたくなかったからだ。

けれど今、珠希の父も母もこの縁談がまとまることを願い、珠希の気持ちは二の次で強引に話を進めている。和合製薬の経営状況は、宗崎病院との関係を強化しなければならないほど逼迫《ひっぱく》しているのだろうか。珠希の胸に不安が募っていく。

けれど、残念ながらこの見合いがまとまる可能性は低い。医師という社会的に認められた立場と完璧な容姿を持つ碧が、結婚相手に困っているとは思えないからだ。

碧がこの場にいるのは、両親の顔を立てるため。そして自ら出向いて、この見合いを断るつもりだからだろう。

そう思った途端、またもや珠希の胸に鈍い痛みが走った。

「和合さん？」

向かい側に座っている碧の声に、珠希はハッと顔を上げる。

「気分でも悪い？　冷たい飲み物でももらおうか？」

「いえ、大丈夫です。ちょっと、あの……緊張しているというか」

珠希はしどろもどろに答えた。

碧は珠希の慌てぶりにくすりと笑う。

「それもそうだよな。高級料亭での絵に描いたような見合いだから、緊張するのも仕方がないか。俺も柄にもなく落ち着かないし」

珠希は目を瞬《またた》かせる。

「ん？　初めての見合いなんだ、別におかしくないだろう。同じ初めてでも執刀医として手術室に入ったときよりも落ち着かないな」

「え、そんなに？」

どう見ても落ち着いている碧の言葉とは思えない。それに大病院の後継者ともなれば頻繁に見合いの話が持ち込まれそうだが、そうではないようだ。

「親たちはのんきだけどな」

見れば両親たち四人は、昔からの顔馴染《なじ》みのように話が盛り上がっている。

碧は先日の白衣姿もかっこよかったが、濃紺のスーツもよく似合っている。整った目鼻立ちと凛《りん》とした面差し。珠希はつい見とれてしまう。

「私の両親は誰とでもすぐに仲よくなるんです。私は人見知りなので羨ましいです」

今も目を合わせるだけで精一杯で、今日のために母が用意したワンピースのしわを何度も手で伸ばしている。シフォン素材のフレアワンピは落ち着いたくすみカラーのピンクで、珠希も気に入っている。

「遥香ちゃん」

「あ、はい」

碧の声に、珠希は再び視線を上げた。

「この間、俺と一緒に演奏を聴かせてもらった女の子だけど、覚えてる？」

「はい。もちろん覚えています」

珠希は即座に答えた。

「まだ入院しているんですか？」

「ああ。でも来週の診察で問題なければ退院が決まると思う。当分の間は地元の病院でリハビリを続けることになるけど」

碧はにこやかな笑みを浮かべながら答えた。遥香の退院がよほどうれしいのだろう。先日の遥香とのやり取りからも感じられた優しさに再び触れ、珠希は改めて素敵な人だと感じた。

「遥香ちゃん、うれしいでしょうね。でも、地元って……」

「実は遥香ちゃんは初めから白石病院で診ていたわけじゃなくて、事故の直後に運び込まれた地方の病院から転院してきたんだ。設備が整っているうちの方がいいだろうって判断でね」

「まだ小さいのに、大変でしたね」

珠希は表情を曇らせた。

八歳の子どもが半年も入院しなければならない大怪我を負ったのだ。本人にも家族にも相当の苦労があったはずだ。

「この先もうちで経過を診たいけど、わざわざ通ってもらうのは大変だからね。今後は地元の病院に、リハビリも含めお願いすることになってるんだ」

「なるほど」

聞けば遥香の地元は新幹線で一時間以上の距離にある地方都市。病院が変わるのは仕方がない。クリスマスイベントで会えないのは残念だが、遥香が無事に退院できそうだとわかり、ホッとした。

「遥香ちゃんのことで、お願いがあるんだ」

碧は遠慮がちに言葉を続けた。

「お願い、ですか？」

碧は小さくうなずいて、テーブル越しに珠希に身体を寄せた。

「あの日和合さんの演奏を聴いて以来、遥香ちゃんはエレクトーンを弾けるようになりたいって言い続けてるんだ。手足のリハビリにもなるから、遥香ちゃんのお母さんも乗り気でね、レッスンを受けられる地元の教室を紹介してもらいたいそうなんだ」

「そういうことなら、もちろんかまいません。ぜひ紹介させてください」

グリシーヌの曲を聴いて目をキラキラさせていた遥香を思い出し、珠希は笑顔で答えた。

「じゃあ、遥香ちゃんのお母さんに連絡先を渡しておくから、近いうちに相談に乗ってあげてもらえるかな」

「はい、喜んで。早速教室をピックアップしておきますね」

「ありがとう……ところで、楽譜ってどこで買えばいいんだろう」

「楽譜、ですか？」

珠希は首を傾げる。

「退院のお祝いに、遥香ちゃんが弾きたいって言ってたグリシーヌの楽譜をプレゼントしたいんだ。ネットで注文しようと思っていたんだけど、せっかく和合さんに会えたし、よければ案内してもらえないかな」

「はい。大丈夫です」

反射的に承知したのはいいが、案内ということはふたりで店に出向くのだろうか。

珠希はその状況を想像し、慌てて言葉を続けた。

「あ、あの。宗崎さん、お忙しいんですよね。教室の一階で買えるので、私がレッスンの合間に用意しておきます」

「え？　いや、大丈夫だよ。楽譜を買いに行くくらい問題ない。というより、いわゆる〝あとはお若いおふたりで〟みたいな展開を期待して、もともとそのつもりでいたんだ。だから、今からどうかな」

「今から、ですか？」

碧の気の早さに珠希は目を丸くする。見合いの途中で当人たちがふたりきりになる流れは理解できるが、この見合いにそれは当てはまらないと思っていたのだ。

「時間も時間だし、行こうか」

碧は早速立ち上がり、クローゼットに掛けられているコートを手に取った。続けて珠希のコートも取り手渡すと、両親たちに声をかける。

「じゃあ、俺たちはここで」

あっさりとそう言うと、碧は表情を引きしめ、珠希の父と母に向き直る。

「遅くならないうちに自宅にお送りします」

「あ、ああ……」

珠希の父と母は顔を見合わせる。けれどすぐに状況を察したのか「よろしくお願いします」と落ち着いた声で答え、深々と頭を下げている。

思いがけない展開に動揺していた珠希は、碧の笑顔に促され、急いで帰り支度を始めた。


料亭を出たふたりは、碧が運転する車で珠希の勤務先である音楽教室にやってきた。

八階建ての立派なビルの三階から七階はレッスンルームで、一階と二階ではピアノやエレクトーンなどの楽器が展示販売されている。フロアの一角には楽譜や音楽に関する書籍なども豊富に取り揃えられていて、今もレッスン終わりの生徒たちがあれこれ手に取っている。

オフィス街の中心にあることから大人も多く在籍していて、平日の夕方以降は珠希も社会人の生徒を担当している。

「ここが和合さんの職場？」

足を踏み入れて以来、碧は興味深そうに館内を見回している。これまで楽器経験といえば学校の授業で学んだ程度。広いフロアに展示されている楽器はどれも新鮮で、見ているだけでわくわくするらしい。

入ってすぐに受付の女性が珠希に気づき会釈した。というよりも、モデルのようなスタイルと端正な顔立ちの碧から目が離せないというのが正確だ。

「ピアノを弾く知り合いなら何人かいるけど、エレクトーンはこの間うちの病院のホールで和合さんの演奏を聴いたのが初めてだよ」

フロアの中央に置かれているエレクトーンを遠目に眺めながら、碧は弾んだ声をあげている。まるでレッスンを始めたばかりの子どものようだ。

「ここに楽譜が揃っているんです」

珠希は壁一面に楽譜がズラリと並んでいる棚を指差した。

「こんなにたくさんあるんだね。あっちはクラシックやジャズでこっちはアイドルやらロックバンドか。盛りだくさんだな」

　このフロアだけでも数千冊の楽譜があるはずだ。

　珠希は先日碧と遥香に聴かせたグリシーヌの曲の楽譜を取り出した。

「遥香ちゃん、エレクトーンもピアノも初めてなら、きっと楽譜を読めないし鍵盤にどう触れていいのかもわからないと思うんです」

　楽譜を手に、珠希は静かに口を開いた。

「そうだろうな。俺だってエレクトーンの前に座っても、両手をどこに置いていいのかすらわからないと思う」

　珠希は小さくうなずいた。

「遥香ちゃんが教室でレッスンを始めても、すぐにグリシーヌの曲が弾けるわけじゃないんです。まずは楽譜の読み方や正しい指の使い方といった基礎から練習を始めるので」

「……うん、それはわかる」

　唐突に珠希が口にした言葉に、碧は怪訝《けげん》そうな表情を浮かべる。

「だから……あの。この楽譜は、お守りのようなものだと言って遥香ちゃんにプレゼントしていただけますか？」

「お守り？」

困惑する碧に、珠希は深くうなずいた。

「手足が思うように動かせない中でのレッスンは、大変だと思うんです。それこそグリシーヌの曲を弾けるようになるまでは何年もかかるだろうし」

珠希は表情を曇らせうつむいた。レッスンを勧めたものの、いざ遥香がその気になっていると聞いてから、それは安易な提案だったかもしれないと悩んでいたのだ。

「手足にハンディがなくてもうまく弾けずに辞めてしまう生徒は少なからずいるんです。遥香ちゃんにも辞めたくなるときがあると思うので、そのときにこの楽譜を見て、グリシーヌの曲が弾けるまでは頑張ろうって思ってほしくて」

エレクトーンが遥香のリハビリのあと押しとなり気分転換になればいいと思って勧めたが、つらい時間もあるはずだ。まだ八歳の彼女に耐えられるのか、心配なのだ。

「だから、お守り？」

「はい。これを励みに取り組んでもらえればと思ってます。それと……あ、これも」

珠希は辺りを見回し、少し離れた場所に並べられていたCDを一枚手に取った。グリシーヌのCDだ。

「この間私が弾いたクリスマスソングが収録されているんです。だからこれも一緒に」

とても素敵な曲だから、自分で弾けなくても聴くだけで楽しめるはずだ。ぜひとも遥香にプレゼントしたい。それに。

「音楽には身体のメンテナンスや精神面のリカバリーにつながる力があります。だからグリシーヌが好きな遥香ちゃんには、彼らの音楽で癒《い》やされてリハビリも頑張ってほしいんです」

男性に慣れていなくても、音楽に関してならスムーズに言葉が出てくる。珠希はひと息にそう言って、ほっと息をついた。

「メンテナンス……そうだね。たしかに音楽には医療的なサポートとは別の切り口で患者を助けられる力があると思うよ」

珠希の上気した顔を見つめ、碧は穏やかな笑みを返す。決して珠希の思いを否定しない柔らかな物腰に、珠希の脈が速くなる。

「そ、それにこのジャケットのグリシーヌがとても素敵なんです。私も部屋に飾って毎日眺めてます。とくに藤《ふじ》君が大好きで。顔はどの角度から見てもかっこよくて色気もあるし、見ているだけでドキドキするんです。ライブで歌声を聴いたときには思わず泣いちゃうくらい素敵な声で……遥香ちゃんもファンだから喜んでくれますよね」

珠希は照れくささをごまかすように声を張り、言葉を続けた。

「私からプレゼントしたいので、楽譜と一緒にこのCDも遥香ちゃんに渡してもらえますか？」

珠希はCDを碧の目の前に両手で差し出した。

「へえ、藤君か。悪い、よく知らないな」

それまでの優しい声から一変、碧の声は低く、不機嫌に聞こえた。

「あ、あの？」

顔を上げると、碧が眉根を寄せ珠希を見つめている。

「かっこよくて色気がある……ね。まあ、たしかに。男女問わず人気があるのもわかるけど」

素っ気ない口ぶりに、珠希はなにか気に障ることを言ったのかと、表情を固くする。

「あの、どうかしましたか？　もしかしてグリシーヌのことあまり好きじゃないとか。だったら……」

「そうじゃない。ただ、やっぱり芸能人には敵《かな》わない……いや、なんでもない」

碧は片手で顔を覆《おお》って隠すと、珠希からぷいと視線を逸らした。長く綺麗な指の間から見える頬は気のせいか赤らんでいる。珠希は戸惑いながらもそっと距離を詰めた。

「芸能人って、あの――」

「それは、もういいんだ」

碧は珠希の言葉を遮ると、楽譜とCDを荒い仕草で受け取った。

「これ、プレゼント包装してもらえるのかな」

「はい、もちろん大丈夫です」

「だったらとりあえず、買ってくるよ」

そう言って足早にレジに向かう背中を見つめながら、束の間《つかのま》碧が見せていた不機嫌な表情は見間違いだったのかと首をひねる。

「あ、CDは私が買います」

さっさと支払いを済ませようとしている碧を、珠希は慌てて追いかけた。


楽譜を買い終えたふたりは、再び車に乗り込んだ。

日曜日ということで、オフィス街は定休日の飲食店が多く、ひっそりしていて明かりも少ない。

珠希は緊張した面持ちで助手席に収まった。

車は空いている大通りを順調に走り、馴染みのある景色が次第に遠ざかっていく。

このまま車は珠希の自宅に向かうのだろうと考えていたが、碧は最初の信号で自宅とは逆の方向にハンドルを切った。その迷いのない運転に、どこか行きたい場所でもあるのだろうかと、珠希は運転席を見た。

「いそやまの和菓子は絶品だけど、さすがにお腹が空いたよな」

珠希の視線を感じたのか、宗崎は正面を向いたまま口を開いた。

「そうですね……」

反射的に答えながらも、見合いの席では緊張していて珠希には菓子の味などわからなかった。

今も緊張し、握りしめた両手を膝の上に置いてひたすら前を見つめている。

どこに向かっているのかもわからない車の中に男性とふたりきり。そんな慣れないシチュエーションに、緊張するなというのが無理な話だ。

「食事をする時間はある？」

「はい。あります……え？」

珠希は聞き間違いだろうかと目を瞬かせた。

「夕食。ここから少し走ったところによく行く店があるんだけど。いいかな？　なんて一応聞いてるけど、実はもうそこに向かってるし、予約も入れてるんだ」

「え、私と、夕食、ですか？」

見合いが終われば、それで互いの役目は終了ではなかったのだろうか。楽譜を買いに出かけたのは、退院が近い遥香を思ってのことであり、用事が済んだらそれで解散かと思っていた。

しばらくすると車は赤信号で止まり、碧はハンドルに両腕を預けた体勢で珠希に顔を向けた。

「お勧めの店だから、連れていきたいんだけど」

車内に色気のある低い声が響き、珠希の脈が一気に速くなる。

「は、はい……よろしくお願いします」

もう少し一緒にいられるのだ。

思ってもみなかった誘いに胸を高鳴らせ、珠希はこくこくとうなずいた。

碧のお勧めの店というのは、白石病院の目の前にあるレストランだった。この間打ち合わせで病院を訪ねた帰りに見かけたレンガ造りの店だ。

「おもしろみのない場所で悪い。だけど味は保証する」

「いえ、それは全然」

店に隣接する駐車スペースで車を降りた珠希は、興味深げに辺りを見回した。

「勤務先の近くなんて色気ゼロだよな。見合いのあとっていう特別な時間なのに」

白石病院を眺めながら、碧は肩をすくめた。

「でも、シェフの腕はピカイチで料理は文句なくおいしいから、期待していいよ。俺も病院を離れて気持ちを切り替えたいときとかに、食べに来るんだ。ここだと呼び出しがあってもすぐに戻れるからね」

「呼び出し、ですか」

「脳外科だととくに冬場は救急で運ばれてくる患者さんが多いんだ。料理が届いたと同時に呼び出されたこともあったかな」

「それは、落ち着かないですね」

昨日もテレビの特集で冬場は脳卒中に気をつけるようにと伝えていた。師走《しわす》目前の今、脳外科医の多くは気の抜けない毎日を送っているのだろう。

「あ、だから今日はこのお店を予約されたんですね」

脳外科に運び込まれる患者の多くは、一刻も早い治療が必要なはずだ。だからいざというときにすぐにでも駆けつけられるようにと、病院に近い店を予約したのだろう。

「そうじゃない。それ、誤解だ」

碧は店に向かおうとしていた足を止め、珠希の腕を掴《つか》んだ。

「そのためにここを予約したわけじゃない……って言っても、病院が目の前にあるんだ、説得力ゼロだな」

碧は脱力し、苦笑する。

「気にならないと言えば嘘になりますけど、大丈夫です。だから呼び出しがあったときには私にかまわず――」

「わかってる。もちろんそのときは迷わず行くけど、せっかく会えたんだ。食事くらい楽しみたいよ」

「楽しみたい？　って……私との食事を、ですか」

意外な言葉に、珠希は目を丸くする。

「ああ。この間はゆっくり話せなかったし、連絡先を渡してもメッセージひとつこないから、気になってたし」

心なしか責めているような口ぶりに、珠希はぽかんとする。

「メッセージはその、遥香ちゃんのことでなにかあればと言われたので、なんだか送りづらくて」

「遥香ちゃんのことって、俺そんなこと言った？　いや、あのときは和合さんがさっさと帰ろうとしているから慌てていて」

碧は言い淀《よど》み、掴んでいた珠希の手を引き寄せふたりの距離を詰める。

「そ、宗崎さん……？」

突然目の前に端正な顔が現れ、珠希は息をのんだ。

「あ、悪い」

碧の手がゆっくり離れていく。

珠希は腕に残る体温を確認するように、反対側の手でその手を抱いた。

「とにかく、この店は一緒に食事がしたくて選んだってだけで、呼び出しは関係ないから」

「は、はい」

碧の言葉が、珠希には信じられない。

再会を楽しみにしていたのは珠希の方だ。見合いに家業の立て直しという裏事情があったとしても、珠希はただ碧に会いたかった。遥香を交えて過ごした時間はわずかだったが、あの日から何度も碧を思い出しては会いたいと思っていたのだ。

まさか碧も珠希との再会を望んでいるとは微塵《みじん》も想像していなかった。おまけに店まで予約してくれていた。

珠希は胸の奥がじんわりと温かくなるのを感じた。

「私、実はこの間病院を訪ねた帰りにこのお店を見かけて、気になっていたんです。だから連れてきてもらえてうれしいです」

「だったらちょうどよかった。期待を裏切らないおいしさで、俺のいち押しだから」

碧は珠希の誤解が解けて安堵したのか、朗らかな笑みを浮かべている。

楽器を前にわくわくしていたときと同じ笑顔だ。

見た目は落ち着いているが、本来の碧は意外と単純で子どもっぽいタイプなのかもしれない。そして、そこが彼の魅力のひとつのような気がした。

今日顔を合わせて以来続いていた緊張が、珠希の中からすーっと解けていく。

「あ、そうだ。席の予約はしてあるけど、料理はふたりで決めたくてまだなんだ。好き嫌いはある？」

「なんでも食べられて、たくさん食べます」

リラックスして答える珠希の声に、碧はくっくと笑う。

「そんな華奢な身体で言われても、信じられないんだよな。とりあえず、入ろうか」

ふたりが店内に足を踏み入れた途端、店を出ようとしていた客とぶつかりそうになった。

「珠希っ」

碧はとっさに珠希をかばい、胸に抱き寄せた。

「えっ……？」

突然碧の身体に包み込まれたうえに呼び捨てにされ、珠希はなにが起こっているのかわからず動きを止めた。碧の胸に顔を押しつけられたまま、息をひそめる。

「ごめんなさい、怪我はないですか？」

ぶつかりそうになったのは女性のようだ。珠希は碧の腕の中でその声を聞いていた。

碧のおかげで怪我はないが、気づけば抱きしめられていて、珠希の全身がかあっと熱を帯びる。

家族以外の男性に抱きしめられるのは初めてだ。見た目の印象よりも固い胸にドキリとする。

「珠希？　大丈夫か？」

心配そうに眉を寄せている碧に顔を覗き込まれ、珠希はこくこくとうなずいた。

「ん……よかった」

碧はホッと息をつき、珠希の頭をそっと撫でる。

「……碧？」

頭上から女性の声が聞こえてきた。

「碧？　え、嘘。偶然ね……それより大丈夫？　私、ぼんやりしていて」

ワントーン高くなった女性の声に、珠希は碧が視線を向けるのを感じた。

「え？　紗雪《さゆき》？　カナダから帰ってきたのか？」

碧の驚く声が聞こえる。今ぶつかりそうになった女性は、碧の知り合いのようだ。

「家の事情で帰国しなくちゃならなくなって、本社への異動願いを出したの。二週間ほど前に帰国して、ようやく落ち着いたかな」

「五年ぶり……か？」

「そうね、五年ぶり。碧は今も白石病院にいるのよね。ホームページに写真が載っていたから懐かしかったわ」

珠希は碧と親しげに話している女性が気になり、おずおずと顔を上げた。

碧の視線の先に、スラリと背が高く、ショートカットが似合う美しい女性がいた。

細身のジーンズにざっくりとした編み目のセーターというカジュアルな格好だが、意志が強そうな大きな目には色気もあり、全身艶《あで》やかな雰囲気だ。

無造作に腕にかけているオレンジ色のコートが、彼女の華やかさにマッチしている。

「あ、ごめんなさい。ぶつかりそうになったけど、大丈夫ですか？」

珠希に気づいた女性が、申し訳なさそうに目を細める。

「はい、大丈夫です」

碧の腕から慌てて抜け出し、珠希は胸の前で手を横に振る。目の前の女性は見れば見るほど美しく、同性ながら見とれてしまう。

「よかった。急いでいたとはいえ、ごめんなさいね。……それよりお邪魔しちゃったかしら？」

からかい混じりの声に、碧は意味ありげにくすりと笑う。

「さあな」

「ふふっ。これからお食事なのよね。引き留めちゃってごめんなさい。懐かしくてつい話し込んじゃった」

女性は楽しげにそう言って、珠希に軽く頭を下げる。

「じゃあ、私も急いでるからこれで。また機会があればゆっくり話しましょう」

女性は手にしていたオレンジ色のコートに袖を通しながら、碧に明るい笑顔を向けた。

「そうだな」

碧は軽くうなずき、足早に店を出ていく女性を見送った。

「彼女、大学時代の友人なんだ。商社勤務で五年前にカナダに赴任したんだけど、帰ってきたみたいだな」

「五年ぶり……」

見た目が美しいうえに、海外で仕事をするほど優秀な女性のようだ。性格も明るく珠希にも気づかいを見せていた。

大人の女性とは彼女のような人を指すのだろうと、珠希は感心する。

「じゃ、食事にしよう。さっきからおいしそうな匂いがしてたまらないんだよな」

碧は珠希の背中に手を置き、待ちきれないとばかりにいそいそと店内に足を向けた。


「さっきはつい抱き寄せたけど、怪我はなかった？」

席に着き注文を終えると、碧は改めて珠希に心配そうな目を向けた。

「本当に大丈夫です。ぶつかったわけではないですし、宗崎さんが守ってくれたので」

珠希は頬を赤らめうつむいた。

男性の胸があれほど固く逞《たくま》しいものだと知り、しばらく忘れられそうにない。今も向かいに座っている碧の胸元に視線を向けるたびドキドキしている。

「さっきはいきなり呼び捨てて、悪かった」

「は、はい。あ、いえ、気にしないでください」

珠希は上ずった声で慌てて答える。本当のところ、呼び捨てにされた瞬間はなにがなんだかわからなかったが、次第にうれしさが込み上げてきたのだ。

今も不意に呼び捨てられて、息が止まりそうになった。

「珠希っていい名前だね」

「ありがとうございます。祖父がつけてくれた名前で、気に入ってます」

珠希はどうにか平静を保ち、ぎこちない笑顔で答える。

「溺愛していた祖母が、真珠が大好きだったので、私にも祖母のように優しくて綺麗な女性になってほしいからと、真珠から一文字取って名前を決めたそうです」

七年前に他界した珠希の祖母は、無邪気で優しい、それでいて芯の強い女性だった。

「私も、祖母のようになりたいんです」

愛する男性に愛される、幸せな女性になりたい。

そう思ったと同時に、珠希は碧に視線を向けた。

愛する男性に愛される。密《ひそ》かに子どもの頃から温めてきたその思い。

その男性が碧であればいい――。

「珠希」

碧に再び呼び捨てられ、珠希は肩を震わせた。

「珠希。やっぱりいい名前だな。これから、そう呼んでもいいかな?」

続く碧の言葉に、珠希は即座にうなずいた。


それからふたりはおいしい料理を心ゆくまで楽しんだ。

木目調で統一された店内にはカウンター席が五つ、四人掛けのテーブル席が六つ用意されていて、こぢんまりとした優しい雰囲気も珠希は気に入った。

「本当に、おいしかったです」

珠希はナイフとフォークを揃えて置くと、向かいに座る碧に大きな笑顔を向けた。

ハンバーグと海老フライ、そしてミニオムライスがついたセットはボリューム満点で、あっという間に完食した。

「デザートもおいしそうですね。私、アイスクリームが大好きなんです」

アイスの盛り合わせが目の前に置かれ、珠希は目を輝かせる。

「なんでも食べるしたくさん食べるっていうのは、冗談じゃなかったんだな」

そう言って珠希をからかう碧も、なんでも、そしてたくさん食べていた。

「宗崎さんこそ、昼間の和菓子をペロリと食べてましたよね」

緊張であまり食べられなかった珠希は、今ならしっかり食べられるのにと顔をしかめた。

「あれは本当においしくて俺のお気に入りなんだ。抹茶《まっちゃ》の風味が最高でテイクアウトすることも多いし」

自慢げに言われて、なおさら食べたくなる。

それにしても、と珠希は思う。甘い物に目がないのもそうだが、今日数時間をともに過ごして知った碧の意外な一面のどれもが、彼の魅力のように思えて仕方がない。

遥香に贈る楽譜のプレゼント包装のリボンの色を真剣な表情で選び、初めて触れる楽器に目を輝かせる子どものような眼差し。

そしてなにより遥香に対する愛情深い物腰からもわかる、患者に親身に寄り添う医師としての顔。

そのどれもが魅力的で、目が離せない。

「さっきは悪かった。まさか患者さんの家族がいて声をかけられるとは思わなかったよ。ごめんね、気を使わせて」

コーヒーを飲んでいた碧が、ふと思い出したようにそう言って、軽く頭を下げる。

「いえ、私は大丈夫です。お気づかいなく」

珠希もコーヒーカップをソーサーに置き、首を横に振る。

ついさっき、碧の受け持つ患者の家族が店内で食事をしていて声をかけられたのだ。

『宗崎先生、ご結婚されていたんですね。それもこんな綺麗な方と』

珠希と和やかに食事をしている碧を見つけた年配の女性は、ふたりが夫婦だと誤解していた。

碧はとっさに訂正しようとした珠希を制し、落ち着き払った声で対応していた。

『期待に添えず申し訳ありませんが、まだ未婚です。でも彼女との結婚を考えているので、今から口説く予定です』

甘い笑みと迷いのない口ぶりに、女性は興奮して手を叩き、珠希は言葉を失った。

「あんな冗談を言って大丈夫ですか？　皆さん真に受けて大喜びしてましたけど。病棟内に広まったら、私のことをあれこれ聞かれますよね」

「いいんだ、それくらい大丈夫」

気楽な調子の碧に、珠希の方が慌ててしまう。

「でも絶対にからかわれますよ。患者さんもおもしろがってあれこれ言ってくるかもしれません」

碧は将来を期待されているうえに、見た目抜群の脳外科医だ。院内でも女性からの人気は高いに違いない。結婚を考えている女性がいると知られれば、たちまち噂が広がるはずだ。

「本当にいいんだ。患者さんにからかわれるくらいどうってことない」

碧は珠希の言葉にきっぱりと答えた。

「それって俺をからかえるほど病状が回復して気力が戻ってきてるってことだから、逆にうれしいんだ。怒ってもいいし、愚痴ってもいい。いくらでもからかってくれてかまわない。医師としては大歓迎」

迷いのない言葉に、珠希はぐっとくる。

彼はやはり医師なのだ。それも患者への責任感が強い、頼れる医師。患者の回復が最優先で、自身への評価は二の次なのだろう。

珠希の中に、これまで感じたことのない強い思いが湧き上がってくる。

初めて会ったときもほんの短い時間のやり取りだけで魅力的な男性だと感じたが、そばにいればいるほど惹《ひ》かれてしまう。

この先も碧を見ていたい、これっきりの縁にしたくないと、そんな思いが珠希の胸に広がっていく。

「こんな話、つまらないな。ごめん」

碧は照れくさそうに瞳を揺らした。

「いえ、つまらないなんて全然。でも、病棟で噂になるなら、さっきの女性、紗雪さんでしたよね。彼女のように綺麗な方がよかったですね。相手が私じゃ宗崎さんの評判に傷をつけてしまいます。すみません」

碧と並んで様になるのは断然、紗雪だ。珠希は碧に迷惑をかけているような気がして、申し訳なく、その場で頭を下げた。

「紗雪？　どうして彼女の名前が出てくるんだ？」

碧はわけがわからないとばかりに珠希を見つめている。

「えっと、とても綺麗な方でしたし、宗崎さんと仲がよさそうだったので」

碧の意外な反応に、珠希は戸惑った。さっきは五年ぶりの再会を喜び合っているようだったが、それほど親しいわけではないのだろうか。

「たしかに美人だな。モデルのバイトをしていたはずだし、男性からよく声をかけられていたかな。だけどボランティアサークルで一緒だっただけで、個人的な付き合いはほとんどなかったから、親しいわけじゃないんだ」

碧は当時を思い返し淡々と話している。その声に紗雪への特別な感情はないようだ。

「そうですか。仲がよさそうだったのと、おふたりが並ぶととてもお似合いだったので、もしかしたらって、思っちゃいました」

「もしかしたら？」

ホッとした拍子につい口をついて出た珠希の言葉に、碧が反応する。

「宗崎さん？」

見ると、碧が珠希をまっすぐ見つめている。なにか言いたげな強い視線から、目を逸らせない。

「紗雪のことを誤解しているかもしれないけど、本当になにもないし、この五年連絡を取り合ったこともない」

碧はテーブル越しに身を寄せ、語気を強めた。

「わ、私、また……」

珠希は慌てて頭を下げた。

「あの、ごめんなさい。実は私、女子校育ちで、男性の友達がいたことがないんです。だからなにか誤解して失礼なことを言ったかもしれません。宗崎さんと紗雪さんとの間になにかがあると思ったわけじゃなくて……」

碧と紗雪のやり取りからも、ふたりの間に恋愛感情のようなものがあるとは思わなかったが、美男美女のふたりが向かい合っている姿に圧倒されて、実は心のどこかで誤解していたのかもしれない。

「男性の友達がいないので、おふたりのように卒業後も関係が続く男女の友情って憧れなんです。でも、気を悪くしたならごめんなさい」

珠希はまくし立てるようにひと息にそう言って、再び頭を下げた。

「……憧れって、大げさだろ」

笑いが混じる碧の声に、珠希は頭を上げた。

「女子校育ちって、聞いてはいたけど、男友達もいないとは思わなかったよ」

碧はからかっているのか呆れているのかわからない声でそう言って、肩を揺らし笑っている。

「あ、もちろん彼氏がいる同級生もいました。でも私の場合、音楽にばかり時間を割いていて、男性と出会う機会すらなかったんです」

当時の偏った生活を思い出し、珠希はしゅんと小さくなる。

「今思えば、男友達のひとりくらいいた方がよかったです。そうすれば、男性の気持ちが理解できて、宗崎さんの気を悪くすることもなかったですよね。今さらですけど、この先機会があれば、男性と知り合える場に出向いて友達を作ろうと思い――」

「その必要はないだろ」

珠希の声を、碧がぴしゃりと遮った。その鋭い声音に、珠希はまたなにかおかしなことを言ったのかと、再び身体を小さくする。

「あ、違うから。怒ってるわけじゃないし」

碧は珠希の反応に小さく笑う。

「男友達なんて必要ないだろ。大好きな音楽に夢中になってる珠希、俺はいいと思う」

碧は優しい表情でそう言って、珠希の顔を覗き込む。甘さを含んだ色気のある声に、珠希の胸は高鳴った。

やはり、目が離せそうにない。珠希がぼんやりとそう思った瞬間。

「だから、今後いっさい男と知り合うような場所には行かなくていい」

当然とばかりにきっぱり言い放つ碧に気圧され、珠希は思わずうなずいた。

「そういう俺も、大した恋愛はしてこなかったから、珠希のことをあれこれ言えないんだけどな」

碧はそう言って、肩をすくめた。

「いざ医師になったらなったで日々勉強することばかりで、プライベートはほぼゼロ。いずれ実家の病院に入ると決まってるのもあって、恋愛どころじゃなかった」

そうはいっても立場も見た目も抜群の碧のことだ、女性からのアプローチは多かっただろう。今も話の合間に見せる憂いを帯びた表情がたまらなく魅力的で、別のテーブルで食事中の女性たちからちらちら視線を向けられている。

珠希は自分が碧と一緒にいるのは場違いな気がして落ち着かず、カップに残っていたコーヒーを飲み干した。

「俺、白石病院で研修医として働き始めたとき、初めて自分の生まれを恨んだよ」

「え？」

脈絡のない言葉に、珠希は首をひねる。

大病院の後継者という立場のどこに、恨む要素があるのかわからない。

「もちろん、父の病院を誇りに思っているし、後を継ぐ覚悟もある。だけど、白石病院でまだまだ経験を積みたいと思わずにはいられなかった」

「白石病院の方が、規模が大きいからですか？」

「もちろんそれもある。診療科が多いと、たくさんの症例を経験できるからね。だけど、なにより白石病院の脳外科には笹原先生がいる。それが一番の理由」

「笹原先生……」

その名前に、珠希は肩を揺らした。

「俺、もともとは心臓血管外科医を志していたんだ。だけど笹原先生に会ってすぐに脳外科医になると決めた。先生の医師としての腕は言うまでもないけど、人柄が素晴らしい。彼のもとでじっくりと学びたくなったんだ」

珠希の脳裏に、祖父の病名を家族に伝えたときの笹原の表情がよみがえる。

事実を告げる笹原は悔しそうに顔を歪《ゆが》め、珠希や家族に深々と頭を下げていた。

脳外科の権威で世界的に知られた名医である笹原のその姿は、珠希の医師に対するイメージを大きく変えた。

大げさに言えば、患者より優位に立ち、患者やその家族にも高飛車な態度で接する──医師に対するそんなイメージを、笹原は一瞬で払拭したのだ。

碧が笹原を目標にし慕うのは当然かもしれないと、珠希は納得する。

「以前、笹原先生と患者さんのご家族とのやり取りを傍らで見る機会があったんだ。そのとき、先生の人としての矜持《きょうじ》みたいなものを知って、それも盗みたくなった。だけど、いずれ実家の病院に戻る俺にはそのための十分な時間がなくて、自分の生まれに初めて絶望したよ」

「いつか、笹原先生のような素晴らしい脳外科医になれるといいですね」

祖父の闘病を通じて知った笹原の素晴らしい人間性を思い出し、珠希は優しい笑みを浮かべた。

「だけど私から見れば、宗崎さんはすでに立派なお医者様ですよ。遥香ちゃんもきっ

「だといいけど。実家の病院に戻るときまで、笹原先生に近づけるように精進するよ」

くしゃりと笑う碧の表情は晴れやかで、今では気持ちを整理し実家の病院を継ぐ未来を受け入れているようだ。

「あっ」

鋭い声が漏れたと同時に、宗崎の表情が引き締まる。なにかあったのかと、珠希は身を乗り出した。

「どうしたんですか？　あ、電話……？」

見ると碧の手元にあるスマホの画面が光っていて〝白石病院脳外科〟と表示されている。

「悪い。ちょっと出てくる」

碧は素早く席を立ち、店の外へと出ていった。

病院の名前を確認した途端、碧はそれまでまとっていた優しい雰囲気を消し、厳しい表情を浮かべた。

珠希の存在を一瞬で意識の外に押しやり、医師としての思考に切り替えたのだ。

その頼もしく凛々《りり》しい後ろ姿を、珠希は目で追いかけた。

今日顔を合わせてからあらゆる碧を見てきたが、やはり医師としての彼が一番魅力的だ。だから碧には、医師としての役割を存分に全うしてもらいたい。そのためにもこの見合いは破談にした方がいいのだろう。

碧と過ごす時間が楽しすぎて、その現実をすっかり忘れていた。いや、忘れた振りをしていたのかもしれない。

珠希は迷いを振り切るように、大きく息を吐き出した。

そして碧と結婚するわけにはいかないと、改めて自分に言い聞かせる。

家業の立て直しという碧にはなんの関係もない面倒事に、わざわざ巻き込むわけにはいかないのだから。

「あれからふたりでどこに行ったの？　碧さん、とても素敵な方だったわね」

「うん……」

珠希は家に帰るなり始まった母からの質問攻めに、うんざりしていた。リビングのソファに座らされ、碧のことをあれこれ聞かれているのだ。

お見合い、そして男性とふたりきりでの食事。どれも珠希には初めての経験で、まだ夢の中にいるようで感情がうまく整理できていない。珠希はしばらくそっとしておいてほしいと肩を落とした。

「碧さん、背が高くてスーツ姿が様になってたわね。白衣も着こなしているのかしら。珠希は白石病院で会ってるんでしょう？　どうなの？　白衣姿も素敵なの？」

珠希の願いは、残念ながら母には通じないようだ。好奇心を隠しきれない瞳を珠希に向け、うずうずしながら答えを待っている。

「……もちろん、白衣姿も素敵だったよ」

「やっぱりそうよね。白衣を見慣れて飽き飽きしてる私でも、白衣姿で聴診器を首に下げてる碧さんならぜひとも見たいって思うもの」

うっとりと語る母に、珠希は苦笑する。

今も和合製薬の研究所で新薬の開発に従事している珠希の母は、おっとりしていて天真爛漫《てんしんらんまん》。かわいいものが大好きな愛らしい女性だ。いつも笑みを浮かべていて人当たりもいいが、仕事となると人が変わり、何日も職場から帰らず研究に没頭することも多い。根っからの研究者なのだ。

「碧さんのお母様がおっしゃってたけど、碧さんは大学生の頃からひとり暮らしをしているらしくてね。お料理が得意だそうよ」

母は珠希の隣に腰を下ろし、弾んだ声で話し続ける。

「碧さんと結婚したら、彼が作ったおいしいお料理を食べられるのね。羨ましいわ」

「えっ、お見合いが終わったばかりなのに気が早すぎる」

珠希はぎょっとし、ソファの上で後ずさりした。

「碧さんのご両親って、話しやすくていい方たちね。お母様もね、看護師として今も現役でバリバリ働いていらっしゃるのよ。珠希は人見知りしがちだけど、あのお母様なら大丈夫。きっとかわいがってくれるから、嫁姑《よめしゅうと》問題の心配は無用よ」

「ちょ、ちょっと待って。嫁姑ってありえないし、私は宗崎さんとの結婚なんて考えてないし」

珠希は延々と話し続ける母に向き合い、慌てて話を遮った。

「おい、珠希、今なんて言った？」

「父さん？」

「碧君のこと、気に入らなかったのか？」

探るような父の声に、珠希は固い表情を浮かべた。

「ううん。宗崎さんはとても気を使ってくれて、楽しかった」

「そうか、だったら問題ないな」

ホッとしているとわかる父の声音に、珠希は首を横に振る。

「だけど、結婚はしないから」

「え、どうして……」

傍らの母が、息をのんでいる。

「碧君となにかあったのか？」

「父さん……」

「珠希は今まで誰ともお付き合いをしたことがないから、臆病になってるのよ。突然結婚の話が出て、びっくりしただけよね」

母には珍しい早口な声、そして悲しげに顔を歪めている父の姿。ここまでふたりが碧との結婚に前のめりなのは、会社を立て直す必要があるからだろうと、改めて確信する。

そう理解したと同時に、珠希の中に迷いが生じた。

碧とは結婚しないと決心したものの、それを強く望む両親の姿を見せられて、考え直すべきかと気持ちが揺れている。

「それも碧さんみたいに素敵な男性が相手じゃ不安になるのも仕方がないわ。だけど大丈夫。碧さんは珠希を大切にしてくれるし幸せになれるわよ。第一、碧さんのような素敵な男性と、この先縁があるとは思えないもの」

　そのことなら珠希もよくわかっている。わずかな時間を一緒に過ごしただけで、心がぐっと掴まれたのだ。

「だから、結婚できないの。宗崎さんが素敵な人だから、結婚できない」

　珠希は両親に向き直り、表情を引きしめる。迷いがゼロになったわけではないが、碧のことを思えばここで流されるわけにはいかない。

「どうして。碧君を気に入ったなら、結婚すればいいじゃないか。あ、父さんたちが急《せ》かしているのが面倒なのか？　だったらひとまず婚姻届の提出を済ませておいて、式はおいおい考えていくっていうのもありだぞ」

「そんなこと、宗崎さんに申し訳ない。あれほど熱心なお医者様を、うちの事情に巻き込むわけにはいかない」

　ぐっと気持ちを押し殺した珠希の声が、リビングに響いた。

　和合製薬の経営状況がどれほど逼迫しているのかはわからないが、会社を立て直すための結婚が、うまくいくわけがない。

　碧は脳外科医として将来を期待され、彼自身もそれに応えようと悩み奮闘している。実家の病院を継げば、さらに彼が背負うべき責任は増す。

　ただでさえフル稼働している碧に、これ以上の重荷を背負わせるわけにはいかないのだ。それも自身にはなんの関係もない重荷を。

会社の状況や両親の思いを考えれば結婚するべきだとわかっているが、彼に惹かれているからこそ、面倒なことに巻き込みたくない。

碧には医師としての仕事に専念し、幸せになってほしい。

だから、碧とは結婚できない。

それが、珠希が帰りのタクシーの中で何度も迷った末に出した結論だ。

込み上げる寂しさや痛みは、時が経てば消えていくだろう。碧の顔も声もなにもかも、そのうち忘れるに違いない。

「うちの事情って、珠希、お前気づいていたのか?」

驚き目を丸くしている父に、珠希はうなずいた。

「なんで、いつ……」

動転している父の姿に、珠希は力なく笑ってみせる。

「だって今まで私に結婚しろとか言わなかったのに、突然お見合いなんておかしいし、ひとまず婚姻届の提出を済ませておこうとか。父さんの言葉とは思えない」

「いや、それは、急いだ方がなにかと安心だから、俺も焦って」

慌てて弁解する父に、珠希は首を横に振る。気持ちは理解できるし、責めるつもりもない。

「珠希、俺は心配なんだ、この先――」

「いいの、わかってる」

父や母が人知れず悩んでいたことは、明らかだ。今もふたりは珠希を案じるように目を潤ませている。父も母も、つらいのだ。会社を守るためだとしても、珠希の気持ちを二の次にしてまで見合いを進めなければならなかったふたりの心情は察するにあまりある。

珠希もできることならふたりの期待に応えたい。

「だけど、ごめんなさい。私は宗崎さんとは結婚しません」

「だったら、碧君の気持ちは――」

「大丈夫。きっと他にいい方法があるはずだから。今までなにも気づかなくてごめんなさい。私もちゃんと考えるから、宗崎さんのことはあきらめてください」

なんの関係も責任もない碧を巻き込んでまで家業を存続させても、長く続くとは思えない。

「でもな、珠希」

珠希の父は、顔に戸惑いを浮かべ口を開いた。

「実は珠希が帰ってくる前に、宗崎院長……碧君のお父さんから電話があったんだ」

「え、電話？」

「ああ。俺がそのことを伝えようとしても、母さんが碧君は白衣が似合うとか、料理が得意だとか騒ぎだしたから、なかなか言えなかったんだ」

珠希の父は、苦笑しながら傍らの妻を睨んだ。

「ふふ、ごめんなさい。だって、碧さんからお父様に結婚を前提に珠希とのお付き合いを続けたいって連絡があったなんて聞いたら、うれしくてうれしくて。はしゃいじゃったわ」

悪びれる様子もなく楽しげに笑う母を、珠希は呆然と見つめた。

「結婚を前提に……」

「そうだ。碧君はもちろん、ご家族皆さんうちの事情はご存じだ。そのうえで珠希と結婚したいと言ってくれたんだ。珠希も碧君のことを気に入っているようだし、前向きに考えてみたらどうだ」

「そんな……」

珠希は力強く語る父の声を遠くに聞きながら、碧の腕の中で感じた温《ぬく》もりを思い出していた。

第三章　逆転プロポーズ

見合いの翌週、午前中でその日の担当レッスンを終えた珠希は、電車を乗り継ぎ、碧から指定された駅に足を運んだ。

白石病院の一駅隣にあるこの駅は、世界的に有名な高級ホテルが直結していて一日の乗降者数は多く、今も平日の昼間だというのに大勢の人が行き交っている。

珠希は人混みをよけながら、待ち合わせ場所に向かって歩みを速めた。

珠希がここにやってきたのは、今朝通勤途中の電車内で碧からメッセージが入り、急遽会《きゅうきょ》うことになったからだ。

【遥香ちゃんの退院が決まったんだ。患者さんたちが用意してる寄せ書きにコメントを書いてもらえないかな。遥香ちゃんも喜ぶと思う】

思いがけない依頼に珠希は驚いたが、即座に【ぜひ参加させてください】と返事をした。

自分のメッセージを遥香が喜んでくれるのかどうかは疑問だが、これからもリハビリが続く彼女の励みになればと思ったのだ。

遥香のこととは別に、珠希が碧と会うと決めた理由はもうひとつある。碧とは結婚しないと、直接伝えなければならないからだ。

碧の両親を通じて結婚を前提に付き合いを続けたいとの返事はもらったが、珠希の考えは変わらない。

うまく伝えられる自信はないが、碧の将来を考えればこれがベストな判断だろう。

珠希は改札を抜けて駅のシンボルである噴水の横を通り過ぎた。

「この辺りにいるって書いてるけど……」

珠希はスマホに届いた碧からのメッセージを読み返しながら、辺りを見回した。

ホテルの入り口近くに、碧が立っていた。待ち合わせの時間まではあと十分あるが、早めに着いていたようだ。

「あ……」

「モデルみたい……」

遠目からでもわかるスタイルのよさに、細身のブラックジーンズとキャメル色のショートコートがよく似合っている。清潔感のある短めの髪が整いすぎた顔を強調していて、珠希はその見栄えのよさに圧倒された。

白衣姿に続いて目にしたスーツ姿もかっこよかったが、カジュアルな装いも文句のつけようがない。

珠希はグレーのニットワンピースの上に濃紺のロングコートという、とくに特徴のない自身の服装を見下ろした。

どれも上質の素材で仕立てられたお気に入りだが、碧と並ぶと色あせて見えそうだ。

せめて昨夜のうちに連絡があればもう少し身なりに気を使えたのにと、珠希は肩を落とした。

「お疲れ様。仕事帰りに呼び出して悪い」

聞き覚えのある声に慌てて顔を上げると、碧がゆったりとした笑みを浮かべ、珠希の顔を覗き込んでいる。

「あ、あの。お久しぶりです」

珠希は慌てて頭を下げた。心の準備ができる前に声をかけられ落ち着かず、視線をさまよわせてしまう。

「どうした？　顔が赤いけど、電車で人酔いでもした？」

すぐさま碧は顔を近づけ、珠希の顔色を確認する。そして頬を手の甲でなぞるように撫で、心配そうに目を細めた。

「あの、大丈夫です。電車の中が暑かったかもしれません」

医師の顔を見せる碧に珠希は慌て、首を横に振る。

「熱はないようだけど、今日は一段と寒いから風邪には気をつけて」

「は、はいっ」

珠希の鼓動が大きく跳ねたのは、不可抗力だ。端正な顔が間近に迫ってきて、平静でいるのは難しい。

とはいえ碧は医師として珠希の体調を気にかけただけで、今の仕草に深い意味はないはずだ。男性に慣れていないせいで、大げさに反応してしまう自分が情けない。

珠希はそっと距離を取り、気持ちを落ち着ける。

「早速だけど、お腹は空いてる？」

碧は腕時計で時間を確認し、珠希に問いかける。

「もうすぐ二時か。ランチには遅いけど、今日は朝からまだまともに食べてないんだ。できればしっかり食べられる店に行きたいけど、どうかな」

「私はどこでも大丈夫です。あの、朝から食べてないんですか？」

珠希は目を瞬かせ、碧をまじまじと見つめる。

「正確には昨日の夕方コンビニのサンドイッチをコーヒーで流し込んでから、飲み物ばかりだな。固形物は食べてない」

「え。それってほぼ一日食べてないってことですよね」

予想外の答えに、珠希は耳を疑った。食べる時間が確保できないほど、忙しいのだろうか。

「昨夜は急患が多くて緊急オペもあったから。食べてる余裕はなかったな」

「大変ですね……」

決してラクな仕事ではないとわかっていても、碧の激務には驚きしかない。見合いの日にも呼び出されていたし、冬のこの時期は碧が言っていた以上に脳外科は忙しいのだろう。

「俺が選んでばかりで申し訳ないけど、ここに行きたい店があるんだ。いいかな」

碧は背後を振り返り、目の前のホテルを指差した。

ふたりが訪れたのは、高級ホテルとして名高い白石ホテルだ。名前の通り、碧が勤務している白石病院とは同系列で、国内外のＶＩＰが頻繁に訪れている。

白石グループということで馴染みがあるのだろうが、白石病院から一駅という立地も、碧がここを選んだ理由なのかもしれないと、珠希は思いつく。

呼び出しがあってもすぐに病院に駆けつけられること。

それが店を選ぶ基準だとすれば、たとえ病院を離れていても、碧は仕事から完全に解放されているわけではないということだ。

それを受け入れている彼の医師としての真摯《しんし》な気構えには、頭が下がる。

ホテルのロビーを颯爽《さっそう》と歩く碧の背中を見つめながら、珠希はますます碧に惹かれていく自分を意識した。


碧が案内したのは、ホテルの上階にある鰻《うなぎ》料理の店だった。地方に本店を構えている有名店で、珠希も名前だけは耳にしたことがある。

ダークブラウンを基調にした店内は漆黒《しっこく》色の家具で統一されていて、店全体に品がある。

ふたりが通された最奥の部屋は十畳ほどの和室で、足を踏み入れた途端、部屋の奥に飾られているシクラメンが目に入った。

クリスマスシーズンに入っているからだろう、落ち着いた室内に彩りを添えている。

「今さらだけど、鰻でよかった？　もしも苦手なら、なにか他に食べたいものを追加してくれていいから」

注文を聞き終えた仲居が部屋をあとにするのを待って、碧は珠希に尋ねた。

「いえ、注文をお任せしてすみません。鰻は大好きです。というより、好き嫌いはないので気にしないでください」

「そう。よかった」

大きな一枚板の座卓を挟んで向かい合い、碧はホッとしたようにうなずいている。

「疲れると無性にここの鰻が食べたくなるんだ。個室は静かで落ち着くから、それも気に入っていて。この間といい今日といい、俺の好みを押しつけて、悪い」

「いえ、名前だけは知っていたんですけど、初めて来たのでわくわくしてます」

珠希はにっこり笑い、室内を見回した。

碧が言うように、とても静かだ。ふすま越しに店内のざわめきがわずかに聞き取れる程度で、ゆったりした空気が流れている。

珠希は碧と顔を合わせて以来抱えていた緊張が、ほんの少し解けた気がした。

「なんでも食べて、たくさん食べる」

「え？」

不意に碧の声が部屋に響いた。

「この間も気持ちいいくらいに食べてたけど、ここの料理も絶品だから、なんでもたくさん食べて」

「あ……ありがとうございます」

碧は前回食事をしたときに珠希が口にした言葉を、覚えていたようだ。あの日もかなりの量を完食した。

「それより、うちの両親が先走ったことをして、申し訳ない」

碧はばつが悪そうな表情を浮かべ、軽く頭を下げる。

一瞬碧がなにを言っているのかが理解できず、珠希はきょとんとする。けれどすぐにピンときた。見合いの日の夜にかかってきた、碧の両親からの電話のことだろう。

珠希は今日碧に会いに来た目的を思い出し、表情を固くした。

「俺の気が変わらないうちにって両親が盛り上がっているのは知っていたけど、まさか当日の夜に電話を入れるとは思わなかったんだ。結婚のことは俺の口から直接伝えたかったから、正直気が抜けた」

碧の表情はひどく真剣で、彼の結婚に向けての本気の思いが伝わってくる。

見合いの先に結婚が控えているのはわかるが、ふたりは今日を含めても会うのはまだ三回目だ。にもかかわらず碧の前のめりすぎるその姿勢に、珠希は違和感を覚えた。

好きでもない珠希と結婚して、碧にはどんなメリットがあるのだろう。ここ数日どれだけ考えても、しっくりくる理由は見つからないままだ。

碧がいずれ引き継ぐ宗崎病院は経営体質が盤石で、病院の発展のための政略的な結婚だとは考えにくい。それどころか、珠希との結婚には和合製薬の立て直しというデメリットがついてくる。そんな条件のもと、碧がどうしてこの結婚に前向きなのか、まったくわからないのだ。

「結婚する気配がなかった俺が、ようやくその気になったのがうれしいんだろうな。珠希のご両親とも気が合うみたいだし。そういえば、母親同士でミュージカルを見に行くとか言ってたけど」

「はい、そうなんです」

すでにふたりの結婚は確定事項だというかのような碧の口ぶり。

今さら結婚しないとは言い出せそうにない空気感に、珠希はたじろいだ。

これ以上話が進む前に伝えなければ、困ったことになりそうだ。

「人気の舞台らしいね。だからチケットが用意できたって連絡をもらって、母は飛び上がって喜んでる」

「実はそのチケット、私が手配したんです」

楽しげな碧の言葉に答えながら、珠希はハッと気づく。

結婚しないと言いながらも、母に頼まれいそいそとチケットを用意している。

碧との縁に区切りをつけるつもりなら、母たちの仲が深まるようなことはしない方がいい。チケットを用意するなど論外だ。

自身の矛盾した行為に、珠希は肩を落とした。

けれどその理由ならわかっている。

碧と結婚するべきではないと理解していても、完全にあきらめられないからだ。

「母が面倒をかけて悪い。もしも他になにか頼まれたら、これ以上甘えないように言っておくから」

碧の端正な顔が申し訳なさそうに珠希を見つめる。碧は普段から母親に手を焼いているのかもしれない。

看護師長としてまだまだ現役の母に手こずる碧を想像し、珠希は笑った。

「気にしないでください。音大時代の友人が出演している作品なので、お願いしたらいい席を用意してくれたんです」

「だとしても。母が今回のことに味をしめて、無茶を言いだしたらすぐに教えて。叱っておくから」

「心配いりません。私の母も気の合う友達ができたって喜んでます」

肩を揺らしクスクス笑う珠希を、碧は目を細め優しく見つめている。

珠希との時間を楽しんでいる碧の気持ちが伝わってきて、珠希の胸がじんわりと温かくなる。

「珠希がステージに立つ機会はないの？　あ、クリスマスに病院で演奏するんだよね。そういえば、病院内に告知のポスターが貼り出されてたな」

碧の弾む声に、珠希はぎこちない笑みを返した。

「プロでもない私なんかの演奏で申し訳ないんですけど、楽しんでもらえるように頑張ります」

人気ミュージカルの話題から突然自分の演奏に話が移り、珠希は決まりの悪さに身体を小さくした。

「音大を卒業して以来、ステージに立つ機会はほとんどなかったので、今から緊張してます」

学生時代は年間を通して数多くのコンクールに参加したが、今では立場が変わり、教え子たちをステージに送り出すサポート役だ。ステージに立ち、観客を満足させられるほどの力が今の自分にあるのか、不安ばかりだ。

「もっと自信を持っていいと思うけど」

「え？」

「少なくとも遥香ちゃんも俺も、あの日ホールで聞いた珠希の演奏に、鳥肌が立つほど感動した」

「嘘……」

碧の力強い声に、珠希の心が大きく震えた。

「嘘でも冗談でもない。もちろん気休めでもない」

続けてそう言うと、碧はすくっと立ち上がり、座卓を回って珠希の傍らに腰を下ろした。その素早い動きに珠希は目を丸くする。

「あ、あの、宗崎さん？　もうすぐお料理が運ばれてくると思うんですけど」

膝が触れ合うほどの近い距離にいる碧から、珠希は思わず後ずさる。

「そうだな」

碧は戸惑う珠希の言葉をあっさり聞き流すと、彼女の目の前に、二通の封筒を差し出した。

「プロじゃなくても人を喜ばせたり感動させたりすることはできる。これがその証拠」

「え、証拠？　これを私に？」

珠希はわけがわからないまま、二通の封筒と碧の顔を交互に眺めた。

ひとつは綺麗な桜色の小ぶりの封筒で、もうひとつは子どもたちに人気のアニメキャラクターのイラストが描かれたかわいらしい封筒だ。

「わごうたまきさま……？」

アニメキャラクターの封筒の宛名の欄に、珠希の名前がひらがなで記されている。

珠希はおずおずとそれを受け取り、差出人の欄を確認する。

「みよしはるか……え、遥香ちゃんですか？　これ、遥香ちゃんから私に？」

思いがけない名前に、珠希は声を張り上げる。碧はしてやったりとした笑みを浮かべた。

「遥香ちゃん、来週退院するからクリスマスの珠希の演奏を聴けないだろ。自宅も遠いしね。かなり落ち込んでたけど、いつか珠希と一緒にエレクトーンを弾けるように、今はリハビリを頑張るって張り切ってる。これはそのお願いの手紙」

碧の話が終わるのを待たず、珠希は封筒から手紙を取り出した。

【たくさんれんしゅうしてグリシーヌひけるようになりたい。たまきさんといっしょにひきたいです】

「私も一緒に弾きたい……」

珠希は手紙を何度も読み返し、遥香の思いに胸を震わせた。

手紙の文字はすべてひらがなだ。骨折して以来、治療とリハビリを続けている手で書いてくれたのだろう。かなりの時間をかけたとわかる丁寧な文字。

珠希は遥香が一生懸命鉛筆を握る姿を思い浮かべ、泣きそうな気持ちになった。というよりも、すでに涙が頬を伝っている。

「よかったら遥香ちゃんに返事を書いてあげて。きっと喜ぶよ」

「はい、もちろんです。絶対に書きます」

遥香の手紙を握りしめ、珠希は何度もうなずいた。そのたびに涙が珠希の膝にぽとぽと落ちていく。

「……泣きすぎだろ」

ぽつりと響いた碧の声。同時に碧の手がすっと伸び、珠希の頬から涙をすくい取る。

珠希は頬を滑る温かな刺激に、ハッと顔を上げた。

「宗崎さん……？」

険しい表情で珠希を見つめる碧と目が合い、珠希は息をのんだ。射るような強い眼差しから目が離せない。

「プロでもアマでもどっちでもいい。聴く人の心に響けばそれで十分だし、遥香ちゃんみたいに珠希の演奏をたった一度聴いただけで目標ができて、笑顔が増える子だっているんだ。演奏者の肩書きなんて、気持ちが込められた音の前では関係ない」

「少なくとも、俺は今度のイベントで珠希の演奏を聴くのを楽しみにしてる」

「はい……」

碧の言葉を、珠希はぐっとかみしめる。

幼少期に初めてピアノの鍵盤に触れたとき、珠希はその場に広がった小気味いい音に心躍らせた。子どもの指では鍵盤は重く満足な音は出せなかったが、初めて自分が奏でた音は特別で、今でもその音を思い出せるほどだ。

そのとき珠希が味わった感動を子どもたちに知ってほしくて音楽教室の講師の道を選んだが、それはピアニストを目指していた兄・拓真の夢を奪ってまで追うほどの道だったのかと、今も悩み続けている。

音大の同級生の中には、名誉あるコンクールで賞を受賞したピアニストや、厳しいオーディションを突破して海外の有名交響楽団に入団したバイオリニストなど活躍がめざましい友人が多くいる。母たちのためにチケットを手配してくれた友人も声楽を学び、今はミュージカル女優として徐々に名前を知られつつある。

かたや珠希は音楽教室の講師だ。もちろんその選択に後悔はない。けれど、拓真に夢をあきらめさせてまで音楽を続けるのなら、拓真の夢を自分が背負い、ピアニストになるべきだったのだろうかと、悩み続けてきた。

拓真はなにも言わないが、それを望んでいたのではないだろうかと何度も考えた。

それでも珠希は今の仕事が大好きだ。

子どもたちに音楽の楽しさを伝え、豊かな人生を送れるよう手助けがしたい。それが珠希の生きがいであり、音楽を続けたい理由だ。

〝演奏者の肩書きなんて、気持ちが込められた音の前では関係ない〟

碧の力強い言葉は珠希の音楽への思いをあっさり肯定し、長く珠希の心の奥底に抱えていた鬱屈した悩みを、一瞬で壊した。

「宗崎さん……」

碧の言葉がうれしくて、うまく言葉が出てこない。

「あ、あの……ごめんなさい」

珠希は涙を乱暴な仕草で拭うが、次から次に溢《あふ》れ出て止まる兆しがまるでない。

「なんでだろ、止まらなくて。どうしよ、せ、せっかくこれからおいしい鰻なのに」

いきなり取り乱した姿を見せられ、碧は迷惑に違いない。

「ごめんなさい。意味がわからないですよね」

珠希は無理矢理笑顔を作り、碧を見上げた。するとそれまでなにも言わず珠希を見守っていた碧が突然手を伸ばし、珠希の手から二通の手紙を取り上げた。

「これ、涙で濡《ぬ》らすとまずいから」

まだ開封していない桜色の封筒が目に留まり、珠希は封筒を持つ碧の手を目で追いかけた。

「これは預かってきたメッセージカード。遥香ちゃんへの寄せ書きにこのカードを貼りつけておくから、あとで書いてもらっていい？」

碧はその封筒を座卓の上に置いた。

「はい、もちろんです」

今日碧とこうして会っている理由を思い出し、珠希は大きくうなずいた。

半年もの長い間入院していた遥香へのメッセージだ。これからも続くリハビリを頑張れるように、そして近いうちにエレクトーンを一緒に弾けるように。

心を込めて書かなければと、珠希は深呼吸し、気持ちを整えた。するとそれまで止まる気配のなかった涙が、徐々に引いていくのがわかる。

「お料理が運ばれてくる前に、書いちゃいますね」

珠希は泣き顔を隠すように碧から顔を逸らし、傍らに置いていたトートバッグに手を伸ばした。

「実は綺麗な色のペンをいくつか用意してきて……えっ」

突然、珠希の身体は大きな熱に包み込まれた。

「あ、あの……」

気づいたときには碧の胸に顔を押しつけられていた。

「宗崎さん……？」

珠希は碧の腕の中で目を瞬かせる。

耳元に響く碧の荒い息づかい、そしてトクトクと規則正しい心臓の音。これは夢ではない、まさしく現実だ。

それを認めた途端、珠希の心臓がとくんと大きく跳ね上がった。

「な、なんでっ」

珠希は慌てて身体を起こそうとしたが、背中に回されていた碧の手で即座に引き戻される。

再び珠希は碧の胸に顔を埋め、碧の鼓動を耳にしていた。

「宗崎さん、あの、冗談はやめてください」

珠希の必死な声は、すべて碧の胸に吸い込まれてしまい、彼の耳に届いているのかもわからない。どうやら碧に珠希を解放するつもりはなさそうで、途方にくれる。

「冗談なんかじゃない」

碧の腕の中ぐったり肩を落とした珠希の鼓膜に、碧の声がダイレクトに響いた。

「冗談なわけがないだろう。冗談でこんなことするわけがない」

「……宗崎さん？」

恐る恐る顔を上げた珠希の頬を、碧は手の平で優しく包み込む。

「……あの」

すっぽり包まれた頬が、あっという間に熱くなる。顔を背けようとすると、碧のもう片方の手が、一瞬早く珠希の後頭部に回された。

気づけば珠希と碧は、ほぼゼロの距離で見つめ合っている。瞬きすらためらう近すぎる距離に、珠希は目眩《めまい》を覚えた。

「珠希」

「え……」

混乱する珠希を、碧は落ち着いた声で呼んだ。その声音の優しさが、珠希の心に広がっていく。

やがて碧は珠希の頬を包んでいた手をわずかにずらすと、親指で珠希の目尻に残る涙を丁寧に拭い取り、満足そうな笑みを浮かべた。

「食事のあとで言うつもりだったのに、いきなり涙を見せられて……かわいい顔で泣かれたら、我慢できない」

碧の色気が混じる声に、珠希の背中に鋭い刺激が走る。背中だけでなく、全身が碧の声と熱い視線に反応している。自分の身体なのに自分でコントロールできない。初めて知る感覚に、珠希は動揺する。

「珠希」

「……はい」

意味ありげに呼び捨てられて、珠希の心臓はきゅっと小さくなる。一瞬息も止まってかなり苦しい。

「この先、俺以外の誰にも珠希の泣き顔を見せたくないな」

見せるもなにも、わざわざ自分の泣き顔を見たいと思う人がいるとは思えない。

「それって、あの、どういう意味ですか?」

碧はきょとんとする珠希の顔をしばらくの間見つめていたが、やがて天井を見上げ、ため息を吐き出した。

「その顔も、他で見せてほしくない」

碧はぶっきらぼうにつぶやいて、お互いの額と額をこつんと合わせた。

これでふたりの距離はいよいよゼロだ。

唐突に額に与えられた心地よい痛み、そして頬を包み込む碧の手の温かさ。珠希の身体が一気に熱を帯びた。

「意味なら、簡単だ」

碧は吐息混じりの掠れた声で囁いて、自分の唇を珠希のそれに重ねた。

「んっ……」

珠希は息を止め、目を見開いた。

碧の柔らかく熱い唇が、珠希の口を覆っている。珠希の反応をうかがうように、ゆったりとした優しいキスが繰り返される。

珠希は熱い唇を受け止めながら、身体の奥が碧の荒い息づかいに反応し、次第にそわそわしてくるのを感じた。誰に教わったわけでもないのに唇に落とされる刺激に吐息を漏らし、ぎこちない動きで応えている。そんな自分が恥ずかしくてたまらない中で、気づけば目を閉じ自ら唇を差し出している。

碧は最後に珠希の唇を何度かついばむと、唇を押しつけ、名残惜しそうに離れていった。

唇が解放され、珠希は放心したようにぼんやりと碧を見つめた。

今まで唇にあった熱が遠ざかり、それを思いの外寂しいと感じる自分に驚いている。

いきなり始まったキスなのに、逃げようとも拒もうともしないどころか、自分から唇を押しつけていた。

「珠希」

碧は珠希の顔を再び両手で包み込むと、神妙な表情を浮かべて口を開く。

「結婚しよう。今すぐ」

静かな部屋に、碧のきっぱりとした声が響いた。

碧の顔はひどく厳かで、冗談を言っているとは思えない。

「俺は珠希と結婚したい。……食事のあとで言うつもりだったのに、かわいくて我慢できなかった」

続けざまに放たれる碧の甘すぎる言葉に、珠希の胸が歓喜で震える。

碧との縁を、ここで切りたくない。碧と結婚したい。

必死で胸の奥に押しやっていた本音が弾かれるように溢れ出て、どうしようもない。

「私……」

けれど、どれだけそれを望んでも、碧と結婚するべきではない。それが碧のためだという現実を、忘れてはいけないのだ。

珠希は碧の胸の温もりを記憶するように一度目を閉じた。そして。

「私、宗崎さんとの結婚はお受け――」

「お待たせして誠に申し訳ありません。お食事をお持ちいたしました」

珠希が意を決して口を開いたそのとき、ふすま越しに仲居の声が聞こえ、珠希の言葉は遮られた。

・

人気の鰻は評判を裏切らないおいしさだった。肉厚の鰻と絶妙な甘さのタレがマッチしていて、食べ応えも抜群。食べることに熱心な珠希は、普段以上に箸が進んだ。

「ごちそう様でした。宗崎さんがこのお店に通っている理由がわかりました。とてもおいしかったです」

珠希は満足した笑みを浮かべ、綺麗に食べ終えた重に蓋《ふた》をした。

「最近忙しくて、ここは俺も久しぶりなんだ。この時期仕方がないんだけど」

「そんなに忙しいんですか?」

「う一ん。でも忙しいのは俺だけじゃないからな。他のドクタ一も看護師たちもなかなかハ一ド。俺も病院に詰めてて、今朝一週間ぶりに家に帰ったんだ」

「一週間?」

呼び出しが頻繁にあるうえに一週間の連勤まで。珠希はそのハ一ドな仕事ぶりに眉をひそめた。

「体調は大丈夫なんですか？　あまり寝てないんですよね？」

さすがに一週間一睡もしていないことはないだろうが、激務には違いない。それが医師の日常だとしても、オーバーワークが続けばいつかどこかにしわ寄せがくる。

「そこまで心配しなくても、ちゃんと考えてるから大丈夫。それより、さっきの話、続けていいか？」

碧は手にしていた湯飲みを手元に置き、話を切り出した。食事中にこやかだった表情を消し、まっすぐ珠希を見つめている。

せっかくだからまずはおいしい食事を楽しもうという碧の提案に甘えて結婚の話をあと回しにしていたが、いよいよ本題に入るようだ。

珠希も表情を改め、姿勢を正した。そして、食事中も何度となく自問し出した答えを口にした。

「私は、宗崎さんとは結婚できません」

口にした途端、碧の熱い唇を思い出してなんとも言えない甘い感覚が胸に広がった。

「……どうして？」

珠希の答えを察していたのか、碧は表情を変えるでもなく落ち着いている。料理が運ばれてくる直前の珠希の様子から、予想していたのかもしれない。

「他に好きな男でもいる？」

「まさか、いません」

これまで恋愛どころか初恋も未経験で、好きな男性の存在などありえない。おまけについさっき初めて、キスを経験したばかりだ。

「だったら俺との結婚になんの問題もないよね」

「え？」

「そうだろ？　好きな男がいないなら、俺と結婚してご家族を安心させるのがベストだと思うけど」

家族という言葉に、珠希は表情を強張らせた。

同時に、碧はこの結婚の裏事情を知っていて、納得もしているのだと確信する。そうでなければ、あえてこの場で家族の話を持ち出すわけがないのだから。

それにしても、実家の病院と仕事上の付き合いしかない和合製薬のために、碧はどうして珠希との結婚を受け入れているのだろう。碧にはメリットがないどころか負担ばかりを背負わされると、気づいていないのだろうか。

ここにきても答えを出せない疑問に、珠希はひどく混乱する。

「ご家族もそれを望んで――」

「宗崎さん。聞いていいですか？」

珠希はいよいよ我慢できず、碧の言葉を遮った。碧がここまで珠希との結婚を望む理由が気になって仕方がないのだ。

「……なに？」

話の腰を折られたにもかかわらず優しい視線を向ける碧に、珠希はホッとする。その勢いで、疑問をぶつけてみることにした。

「この先もしも私と結婚したとして。宗崎さんになにかメリットはあるんでしょうか」

「は？　メリット？　ってなんのことだ？」

碧はわけがわからないとばかりに眉を寄せる。

「その……私と結婚しても我が家の事情に巻き込まれるだけで、宗崎さんには得るものがないんじゃないかと思っていて。……だから宗崎さんとは結婚できません」

「おい、事情って」

「両親も兄も、話せばわかってくれるはずです。宗崎さんとの結婚以外に、なにか手立てがあるはずだし、家族一丸で向き合えばなんとかなると思います」

「そんな簡単に片付くわけがないだろ……いや、まさか、知ってるのか？」

碧の探るような固い声が部屋に響き、珠希はこくりとうなずいた。

「事情が事情なので、両親も兄も私に言えずにいると思うんですけど、こういう問題が起きたときこそ家族の絆《きずな》で対処するべきだと……あの？」

見ると、珠希の言葉によほど驚いているのか、碧が目を丸くし呆然としている。

「事情って……珠希が不安になるから話さないでおこうって決めて……え、いったい誰から聞いたんだ？」

ひどくうろたえている碧に、珠希は当惑する。

「誰からって……誰からも聞いてませんけど」

「だったらどうして、事情を知ってる？」

「それは簡単です」

この質問には、すぐに答えられる。珠希は落ち着いた笑みを浮かべた。

「両親も兄も、今まで私に結婚はもちろん、お見合いをしろとも言ったことがありません。それなのに突然人が変わったように強引にお見合いをさせて、私の気持ちは二の次で結婚に向けて動いてるんです。これはおかしいって、すぐにピンときました」

「ピンと？」

碧はいぶかしげに眉を寄せ、珠希をまっすぐ見つめる。

「はい。父の会社、和合製薬の経営状況がよくないんですよね」

「は……？」

声を落とした珠希の言葉に、碧はぽかんとしている。

「……い、いや、それは違う」

「気を使っていただかなくても大丈夫です。今はもう、受け止めてますから」

「受け止めてって……」

毅然《きぜん》とした珠希の口ぶりに、碧は気圧されている。まさか珠希が見合いの事情を察しているとは想像もしていなかったのだろう。

「両親が和合製薬を立て直すために、宗崎病院との関係を確固たるものにしたくて、宗崎さんと私の結婚を押し進めた……ということですよね」

「いや、それは……」

まるで事件の謎を解く探偵のように堂々と語る珠希に、碧は言葉を失っている。

「勘がいいのも考えものですよね。知らずにいれば悩むこともなかったのに」

「……勘がいいって、珠希のこと……だよな？」

「はい。あ、でも大丈夫です。お見合いの話があってすぐに気づいたので、今では冷静に受け止めてます。家族と一緒に乗り越える覚悟もできています」

つらつらと言葉を重ねる珠希を、碧はなにも言わず眺めている。珠希の覚悟を知り、結婚について考え直しているのだろう。

これでようやく碧を面倒事から解放してあげられると、珠希はホッとする。

それと同時に生まれた寂しさは、そのうち消えるはずだ。もちろん、この部屋で交わしたキスのことも、思い出になるだろう。なるに違いない。なってほしい……。

珠希は自分にそう言い聞かせ、どうにか気持ちを切り替える。

そのとき、碧の手元にあったスマホから着信音が流れてきた。ピロンという短い電子音の余韻に、ふたりは顔を見合わせる。

「悪い」

「あの、メッセージかなにかですか？　すぐに確認してください」

また病院からの呼び出しだろうか。スマホを手にした碧の顔に緊張が走る。

「……なんだよ、いったい」

碧の低い声に、珠希はぴくりと反応する。

碧はメッセージを確認した瞬間こそ固い表情を浮かべていたが、すぐに顔をしかめて返信していた。その後も面倒くさそうにスマホを眺めている表情を見ると、病院からの呼び出しではなさそうだ。

「なにかあったんですか？」

珠希の問いに碧はチラリと視線を向け、ため息をつく。

「ごめん。いつもスマホに振り回されてるよな。まあ、今回は病院からじゃないから、安心して」

「私なら大丈夫です。病院からじゃなくてよかったです」

一週間の連勤を終えたばかりで呼び出されるとなれば、それこそ碧の身体が心配だ。

珠希は心なしか以前よりも輪郭《りんかく》がシャープになった碧の顔を見つめ、せめて今日くらいはゆっくりと身体を休めてほしいと考えた。

だったら、やはりここは少しでも早く碧を自宅に帰すべきだろう。

スマホにメッセージが届いて中断してしまったが、珠希と結婚する必要はないと、碧も理解してくれたはずだ。家族一丸となって和合製薬の再建に取り組むという、珠希の決意には驚いていたようだが、納得しているに違いない。

珠希は胸の奥に溢れる寂しさを押しやり、すっと姿勢を正した。

「宗崎さん、話の続きなんですけどいいですか？　両親には私から話しておきますので、この結婚は――」

「珠希、ちょっといいか？」

「なかったことにして……え？」

唐突に話を遮られ顔を向けると、碧がスマホを眺めながら珠希を手招いている。

気合いを入れて切り出した話の腰を折られ、珠希は思わず脱力する。

「あの、どうしたんですか？」

珠希はなにか面倒なことでもあったのだろうかと、向かいの席で手招く碧の隣に移動し腰を下ろした。

「これ、見てほしいんだけど」

碧は珠希の目の前にスマホを差し出した。

「見ていいんですか？」

「いいよ。これを見たら、俺がどうして珠希と結婚したいのかわかると思う」

「えっ、結婚？」

珠希は慌てた。その話ならケリがついたと思っていた。

混乱している珠希の目の前に、碧はさらにスマホを近づける。

珠希はおずおずとスマホを覗き込んだ。

「連日この調子だから参ってる」

碧は投げやりな口調でそう言って、眉を寄せる。

「え？　お母様からのメッセージですか？」

スマホの画面には、碧の母とのメッセージのやり取りが表示されていた。やり取りといっても、ほとんどが碧の母からのメッセージで埋められていて、ある意味すっきりしていて気持ちがいいほどだ。

珠希が本当にこれを読んでいいのだろうかと、ちらちら碧を気にしながらメッセージに目を向けると。

【仕事はもちろん大切だけど、珠希さんとの時間は作れているの？】

「え、私……？」

珠希はメッセージに自分の名前を確認し、戸惑った。

「そう。まだ続くから読んで」

碧の言葉に促され、珠希は慎重に画面をスクロールする。

【今まで散々気を揉んできたけど、ようやく結婚が決まりそうでひと安心です。珠希さんに捨てられないように、彼女のことを大切にして守ってあげるのよ】

【そうそう。碧に早く結婚してほしくて、これまで全国各地の縁結びの神様にお願いしてきたから、結婚が決まり次第お礼参りツアーに行くことにしたの。ついでにおいしい物を食べてくるわね】

「ツアー?」

珠希はメッセージを読みながら、呆然とつぶやいた。

画面を遡《さかのぼ》れば、これ以外にも碧の結婚を待ち望む碧の母の思いが、次々出てくる。

「とくにここ一年は、結婚しろってうるさかったんだ」

碧は珠希の手からそっとスマホを取り上げ、全身でため息を吐き出した。

「うちの両親、学生時代からの付き合いで大恋愛の末の結婚だったんだ。今も周りが呆れるくらい仲がよくて、俺も子どもの頃から、結婚して家庭を持ってこそ一人前だとか、愛する人の隣で過ごす時間を少しでも長く確保するために一日でも早く結婚しろってしつこいくらいに言われて育ってきたんだ」

繰り返し言われ続けて頭に入っているのか、碧の口ぶりはなめらかだ。

「大恋愛は素敵ですけど、あのメッセージを頻繁に送ってこられると、プレッシャーがすごいですね」

大恋愛どころか普通の恋愛すらまだの珠希にも、碧が感じてきただろう煩《わずら》わしさは簡単に想像できる。

「だろ? さすがに結婚してこそ一人前だとは思わないけど、両親がこの一方的な考えを今さら改めるのはまず無理だろうし、だったらいっそ結婚してしまえばいいって考えるようになったんだ」

　碧はそう言ってスマホを座卓の上に置くと、姿勢を正して珠希に向き直った。

「珠希、俺と結婚してほしい」

　互いの膝をつき合わせ、碧はこれまでにない真剣な表情でその言葉を口にした。何度か結婚したいと告げられてきたが、ここまで重みのある声は初めてだ。

　珠希もつられて背筋を伸ばし、碧を見つめ返す。真摯な眼差しを向けられて、心が揺れるのを感じる。けれど、ここでぶれるわけにはいかないと気持ちを奮い立たせた。

「結婚の話ならお断りしました」

「俺は受け入れていない。珠希と結婚したい気持ちも変わっていない」

「だけど、父の会社の経営状況が悪い中で私と結婚したら、宗崎さんにメリットがないどころか面倒ばかりかけてしまいます。だから、結婚はしないって決めて……」

　珠希の声が次第に小さくなっていく。何度このことを伝えればわかってもらえるのだろう。

　好きな男性からここまで熱心に結婚を望まれているのだ。本当ならすぐにでもうなずきたい。けれど、それが碧の将来のためにならないとわかっているからこそ、結婚はできないと繰り返しているのだ。

「宗崎さんの足を引っ張ってしまうかもしれない結婚を、するわけにはいかないんです。だから、わかってください」

珠希は膝に置いた手を強く握りしめ、唇をかみしめた。

これ以上、本音を隠して断り続けるのはつらい。いつか心が耐えられなくなって、碧からの申し出を受け入れてしまいそうだ。

「だったら、俺にメリットがあればいいってこと？」

うつむく珠希の顔を覗き込み、碧は思案顔で問いかける。

「それならいくつもあると思うけど？」

「いくつも……って、そんなのありえないです」

珠希は困ったように首を横に振る。自分が碧のためにできることなどひとつも浮かんでこない。もしもあれば、ここまで悩まず、ふたつ返事で受け入れていた。

「そうか。だったら俺が教えてやる。だけどこれを聞いたら珠希が結婚しないと言ってぐずるかわいい顔が見られなくなるんだよな。それはちょっと悔しいかな」

「ぐずってません」

このタイミングで茶化してくる碧を、珠希は軽く睨んでみせる。

「それ、その顔もかわいいな。ぐずっても怒っても、どれもかわいくてずっと見ていられる」

「な、なにを言ってるんですか。からかわないでください」

碧の言葉に照れてしまい、珠希は両手で顔を隠すとぷいと横を向いた。隠しきれていない耳たぶが真っ赤に染まっているのを、碧はくすりと笑う。

「からかってない。どの顔もかわいくて、癒やされる。それこそ今日みたいに仕事明けで疲れているときにはずっと見ていたいくらいだよ」

碧はそう言い終えると同時に、顔を隠している珠希の手に自分の手を重ねた。

「今の拗《す》ねてる顔も、見たいんだけど」

「拗ねてません。ただ、は、恥ずかしいだけで。碧さんを癒やせるような顔なんかじゃありません」

何度もかわいいと言われ、顔がかあっと熱くなる。

「宗崎さんの方こそかっこよくて、見とれてしまうくらいで……。私なんてお見せできるような顔じゃありませんから」

「それは俺が決める」

碧は即座に答えると、珠希の両手を掴んで勢いよく左右に広げた。

「あ……、あの」

突然目の前に碧の端正な顔が現れ、珠希は視線を泳がせる。

「この困り顔も、かわいいな。こうして間近でずっと見ていたいくらい、かわいい。俺以外の男には見せたくない」

「あ、あ、あ……」

珠希はどんどん甘くなっていく碧が理解できず、口をぱくぱくさせる。

どうしてこんなことになっているのか、まるでわからない。たしかふたりの結婚で碧が得るメリットについて、教えてくれるはずだった。なのにどうしてこんな展開になっているのだろう。

すると珠希の戸惑いを察したのか、碧はくっくと笑い声をあげた。

「俺が珠希と結婚するメリットのひとつ目は、この珠希のかわいい顔を、いつでも見ていられること。どれだけ仕事が忙しくてつらいことがあっても、家に帰れば珠希の顔を見られると思えばモチベーションも上がるだろ？　これって俺にとっても患者さんにとってもすごいメリットだよな」

迷いなく朗らかに言い切る碧の目は、ひどく楽しそうだ。冗談で言っているようには思えない。

「そ、そうですか……？」

当惑し瞬きを繰り返す珠希を、碧は優しく見つめうなずいた。

「まあ、これが俺が珠希と結婚して手にするメリットの九割以上を占めるんだけど。せっかくだから、ふたつ目も教えておこうかな」

「ふたつ目……」

ひとつ目でこれだけ混乱しているのだ。これ以上なにを聞かされるのかと、珠希は身構えた。

「大した話じゃないから、気楽に聞いて」

碧は明るくそう言って、にっこりと笑う。

「まずはさっきの母親からのメッセージを思い出して」

碧の言葉に、珠希は座卓の上に置かれているスマホに視線を向けた。

先ほど見せてもらったメッセージには、碧の結婚を願う母親の切実な思いがずらりと並んでいた。珠希はそれを思い出した途端、自分に届いたものではないとわかっていても、息苦しさを覚えた。

第三者である自分でさえこれだけ苦しいのだ。当の本人である碧の苦しさはどれほどのものだろう。

「結婚すれば、両親の一方的な価値観を押しつけられることはないし、面倒なメッセージに連日振り回されることもない」

「きっと、そうですね」

結婚すれば、碧は両親のプレッシャーから解放される。

碧は膝を寄せて珠希の両手を掴んだ。頬は赤みを帯び、目には力強い光が宿っている。珠希は碧の期待に満ちた表情に圧倒された。

「これがふたつ目のメリット。珠希と結婚すれば、面倒なことから解放されて、仕事に集中できる。だから早く結婚したい」

「そ、そう言われても……」

口ごもる珠希に、碧は「迷うことないだろ」とつぶやき碧の手をさらに強く握りしめる。その強さに碧の本気を感じ、珠希はうろたえた。

「それに俺にしてみれば、珠希よりも俺の方にこそメリットがあると思う。このかわいい顔を毎日独占できるうえに、面倒なことから解放されて、仕事に集中できる。これってかなりのメリットだと思わないか？」

「そ、そうですね」

ここぞとばかりに畳みかけてくる碧の強気な言葉に、珠希は思わずうなずいた。

「珠希のお父さんの会社を立て直すあと押しにもなるとなれば、俺たちふたりにとって悪い話じゃない。フィフティ・フィフティの関係での結婚だ」

「フィフティ・フィフティ……」

珠希はその言葉に鋭く反応し、大きく開いた目で碧を見つめた。一度はあきらめた碧との結婚が現実味を帯びてきた気がして、どうしようもなく唇が震える。

「そう。俺たちの結婚は双方にメリットがあって平等なんだ。片方が遠慮したり気負ったりする必要のない対等な関係……と言いたいところだけど、俺にとってのメリットの方が大きくて、申し訳ない気もしてる」

珠希は慌てて否定する。

「そんなことありません。宗崎さんと結婚したら、我が家の方こそメリットばかりです。両親は大喜びだし会社だって立て直せるし、それに第一……あ」

珠希は慌てて両手で口を押さえ、気まずげに顔を逸らした。勢いのまま、碧のことが好きだと言ってしまいそうだったのだ。

「立て直せるし……？　続きは？」

先を促す碧に、珠希は顔を真っ赤にして「なんでもないです」と声を絞り出す。

珠希にとって碧は結婚したいと思えるほど好きな男性だが、碧にしてみれば、珠希は結婚を考えていたときにタイミングよく持ち込まれた見合いの相手。そして仕事に集中するために、たまたま選んだ相手に過ぎないはずだ。

珠希への好意はあるかもしれないが、そこに愛情があるとは思えない。

ひとつ目のメリットとして珠希の顔を見て癒やされたいというのは、珠希の気持ちを軽くするための優しさなのだろう。

それに、碧も本音では結婚したくないはずだ。

碧は将来を期待されている優秀な医師であるだけでなく、モデル顔負けの端正なルックス。これまで素敵な女性からのアプローチは何度もあったはずだ。にもかかわらず、両親からあれだけ強力なプレッシャーをかけられても結婚してこなかったのだ。

碧にとって恋愛や結婚は仕事の邪魔にしかならず、大して興味がないものなのだろう。

それがわかっていて、碧に好きだと伝えるわけにはいかない。

根が優しい碧のことだ、珠希を傷つけないようにと気を使うのは目に見えている。

だから、碧への気持ちは胸の奥にしまっておく。

珠希はひっそりと、そう決意した。

「すぐにでも、結婚したい」

碧は熱い吐息とともに囁くと、珠希の額にキスを落とした。

〝結婚したい〟というのは、おそらく結婚して両親からの面倒なプレッシャーから解放されて仕事に集中したいということだ。

だとすれば、結婚してもいいのだろうか。碧との結婚をあきらめなくていいのだろうか。

珠希の心は大きくざわめいた。

「俺の都合ばかりで申し訳ないけど、俺と結婚してほしい」

珠希の揺れる心を見透かすように、碧は畳みかける。

「わかり……ました」

これ以上、拒めない。

珠希は自分の本音に白旗を揚げ、こくりとうなずいた。

「ん……ありがとう。なにより大切にするし、絶対に悲しませないと約束する」

碧は安堵の息とともに声を絞り出し、もう一度、珠希の額にキスを落とした。

その温かく柔らかな刺激が、不安に代わる期待となって珠希の身体に広がっていく。

珠希は、この安堵感だけでこの先のなにもかもを頑張れるような、そんな気がした。

「今日、このままご両親に挨拶に伺ってもいいよな」

額から移動した碧の唇が、珠希の耳元をくすぐり、そして。

「は……い」

震える声が珠希の唇から漏れた瞬間、それ以上なにも言わせないとばかりに、珠希の唇に重なった。

「んっ……」

慣れない刺激から逃がれようと反射的に逸らした珠希の頭を、碧は一瞬早く抱え込む。いっそう強く押しつけられた唇の間から熱い舌が差し入れられ、珠希の舌がからめとられる。

「珠希……っ」

色気のある碧の声に、珠希の全身にしびれが走る。抵抗したくても手足からあっという間に力が抜け、碧に向かって身体がしなだれかかっていく。

気づけば自らも舌を差し出しキスに応え、碧にしがみついていた。息苦しさですら快感に置き換わり、もっともっと、と求めてしまう。

好きな人とのキスがこれほど心地いいものなのだと、乱れた呼吸の中で実感する。

そして碧と結婚できるのだという喜びに、心は沸き立っている——。

けれどこの結婚は、愛情によるものではなく、優しい碧が珠希の父の会社のために手を差し伸べてくれたものだ。いつまでも碧の優しさに甘え続けるわけにはいかない。

珠希は会社の立て直しに目処が立ったら、自分の方から離婚を申し出て碧を解放してあげようと、決意した。

碧の両親も、珠希との結婚で碧が幸せになれず離婚したとなれば、強引に結婚を勧めることはなくなるだろう。

同時に、恋愛や結婚は二の次で仕事に集中したいという碧の希望は叶えられるはず。

その状況こそが、碧が言っていたフィフティ・フィフティということになる……。

「宗崎さん……」

珠希は離婚という現実に向き合わなければならないその日を今だけは忘れたくて、碧の身体を強く抱きしめた。

第四章　愛さずにはいられません

　師走に入り、街並みがクリスマスカラーに彩られた平日の午前、珠希と碧は揃って婚姻届を役所に提出した。

　窓口の担当者の「おめでとうございます」という、あまりにもあっさりとした言葉に拍子抜けしたものの、碧から「これからよろしく。奥さん」と声をかけられ、本当に結婚したのだと実感した。

「あっけなかったな。紙切れ一枚の約束ってよく聞くけど、それって間違いじゃないかもな」

　碧は駅に向かって歩きながら、傍らの珠希に笑顔を向けた。

　冬の豊かな日射しを浴びた笑顔はとても晴れやかで、オフィス街を歩く足取りも軽やかだ。

「でも、提出したのは一枚ですけど、正確には紙切れ五枚の約束です」

　碧の隣で、珠希は肩を揺らして思い出し笑いをしている。

「……そのことは忘れろ」

碧は恥ずかしそうに言い捨てると、珠希の手を掴んでずんずん歩き始めた。頬を赤くして珠希と目を合わせようとしない姿は、いつも冷静なエリート脳外科医とは思えない。

「書き損ねた四枚は、丁寧にファイリングしてしまっておきました」

「は？　全部シュレッダー行きだって言ってなかったか？」

不満げな顔で即座に反応した碧に、珠希はクスクス笑う。

「宗崎さ……碧さんが一生懸命書いた婚姻届ですから、結局手放せませんでした」

「なんだよそれ……」

碧は空いている手で顔を覆い、空を見上げた。かなり恥ずかしそうだ。

二日前、碧が住むマンションに珠希の荷物を運び入れたあと婚姻届に記入をしたのだが、碧が続けて四枚書き損じてしまい、結局五枚目で無事すべての欄の記入が終わったのだ。

緊張で手が震えていた碧の固い表情は、滅多に見られない貴重なもの。少し離れた場所から見守っていた珠希は、レアな彼の表情を写真に残したくて仕方がなかった。

結局、記入に四苦八苦している碧を刺激するのはまずいと考え写真はあきらめたが、書き損じた四枚の用紙は記念に残しておくことにしたのだ。

碧との結婚生活をいつまで続けられるのかはわからないが、珠希は離婚する日を迎えるまで、ひとつでも多くの楽しい思い出を作って手元に残しておこうと決めている。

婚姻届に記入していたときの碧の固い表情も書き損じた用紙も、そして手をつないで歩くこの時間も、貴重なものに思えて仕方がない。

――このままこうしていつまでも碧と一緒にいたい。

珠希はふとしたときに頭をよぎる切なさを押しやり、笑顔を作った。

「書き損じの婚姻届なんて私以外誰も見ないので、気にしないでください」

「……約束な」

素っ気ない答えに珠希がうなずくと、碧は肩をすくめて立ち止まった。

「そうざ……碧さん？」

珠希は突然足を止めた碧に声をかけたものの、まだまだ〝碧さん〟には慣れていない。今のように〝宗崎さん〟と言いかけてはそのたび途中で言い直しているのだ。

珠希が間違えそうになるたび碧は喉の奥で小さく笑い、慌てる珠希の様子を楽しんでいる。そんなときの碧はいたずら好きの小学生のようで、ここでもまた脳外科医のイメージからかけ離れている碧の素顔に、珠希は毎回胸をときめかせている。

それこそわざと言い間違えてしまいたくなるほどに。

「あの店だな」

「え……店？」

立ち止まりふとつぶやいた碧の視線を追いかけると、広い道路を挟んだ向こう側の通りに並ぶ、いくつかの店が目に入った。

この辺りはオフィス街であるにもかかわらず、ハイブランドのショップも軒を連ねる人気のエリアだ。仕事帰りの会社員を客層のメインターゲットに据えていて、珠希も何度か訪れたことがある。

「予約を入れておいたから、すぐに応対してもらえるはずなんだ」

「予約って、あの中のお店ですか？」

碧は珠希の言葉にうなずき、腕時計で時間を確認する。

「入り口に黒服の男性が立っている宝石店。最近結婚した同僚に教えてもらったんだ。良心的な値段で質がいい石を用意してくれるらしい」

「え……」

宝石店と聞いて、珠希は途端に緊張する。

もともと貴金属には興味がなく、所有しているものといえば、成人のお祝いに両親から贈られたパールのネックレスとイヤリングだけ。

碧の視線の先にある高級感溢れる店構えを眺めながら、珠希はひっそり息をのんだ。

そのとき近くの信号が青に変わり、碧は珠希の手を引いて歩き始めた。

「あの、宝石店でなにか買うんですか?」

広い交差点を引きずられるように歩きながら、珠希は碧に声をかける。緊張していて足取りは重い。

「結婚指輪。結婚した記念に今日の日付を刻印してもらいたいんだ。式と披露宴まで半年もあるから、とりあえず指輪だけでも。いい考えだろ」

早足で交差点を渡りながら、碧は誇らしげに笑う。

「それはそうなんですけど。あの、私そういうお店には縁がなくて」

大企業の社長令嬢とはいえ、甘やかされず贅沢をしてこなかった珠希は高級店に慣れていない。きっと緊張ばかりで指輪どころではないだろう。できれば百貨店のジュエリー売り場のような、オープンで気楽に立ち寄れる店舗の方がいい。

そんな珠希の思いを察する気配もなく、碧は宝石店に向かって歩みを進めている。

「俺、あんな高級店に入るのも、指輪を買うのも身につけるのも初めてなんだ。意外にわくわくするものなんだな」

その言葉通り、碧は交差点を渡り終えた勢いのまま、珠希を連れて弾む足取りで宝石店に足を踏み入れた。

碧の自宅は、駅から歩いて十分ほどの場所に建つ五階建ての中層マンションだ。

セキュリティに配慮された設計で、一階ロビーには警備員とコンシェルジュが常駐している。

全国数カ所に建設されていて、どこも分譲開始と同時に即完売という人気の物件だ。学生時代に投資で得ていた利益を使って一年前に購入したらしい。

４ＬＤＫの広い室内はライトブラウンで統一されていて、優しい雰囲気だ。

「風通しがよくて気持ちがいいですね。日当たりもいいし、春になったらここでのんびり読書でもしたいです」

リビングからバルコニーに出た珠希は、格子状のフェンス越しに、敷地内に植樹されている木々や子ども向けの広場を眺めていた。

十二月にしては気温が高いせいか、南側に面したバルコニーはとても暖かく日射しが気持ちいい。

「俺もこのバルコニーが気に入ってここを買ったんだ。ほぼ即決」

キッチンでコーヒーを淹《い》れていた碧が、バルコニーに出てきて珠希の隣に並ぶ。

広いバルコニーには四人掛けの木製テーブルと椅子が用意されていて、見ればコーヒーがふたつ置かれている。

碧は宝石店からの帰宅後すぐに着慣れないスーツを脱ぎ捨てて、ラフな普段着に着替えていた。気取りのないジーンズとパーカーを着てもスタイルのよさは一目瞭然で、珠希は見とれそうになるのをこらえ、そっと視線を逸らした。

平静を装っているが、お互いの身体が触れ合うほどの近い距離に、鼓動が跳ねてどうしようもない。

今日からここで一緒に暮らすというのに、こんなことで大丈夫だろうかと、こっそり息を吐き出した。

「夏はここで同僚たちとバーベキューをしたんだ。来年は珠希も一緒にどう？」

「すごく魅力的ですけど、実は私、バーベキューの経験がないんです。だから足手まといでお役に立てないかと……」

珠希は力なくつぶやいて、しゅんと肩を落とす。

子どもの頃からピアノの練習に多くの時間を割いていて、バーベキューどころか映画鑑賞もスポーツ観戦もほぼ未経験。就職してようやく音楽以外のことに目を向ける時間を持てるようになったが、今も自分の知識の乏しさや経験値の浅さに落ち込むことが多い。

「お、お料理だけは母に仕込まれたのでそれなりにできるんですけど。それ以外のことはまだまだこれからです。バーベキューも、ドラマの中でしか見たことがない気がします」

「じゃあ、初めてのことだらけってことか」

意外にも楽しそうな碧の声に、珠希は顔を上げた。

「それって楽しそうだな」

碧は目を輝かせ、珠希の顔を覗き込む。

「今日も指輪を選ぶとき、はしゃいでただろ？　店に連れていこうとしたら緊張するとか心構えができてないとか言って尻込みしていたのに。いざ店に入ったら、俺のことはそっちのけで店員と和気あいあいと話して、かなり楽しんでたよな」

「それは……はい。楽しかったです」

珠希は気まずげにうなずいた。心当たりがありすぎて、反論できない。

「ショーケースから離れようとしないし。そんなに楽しかった？」

目尻を下げて笑う碧に、珠希ははにかんだ。

「お店に入ってすぐにあんなに大きなシャンデリアが天井から下がっているのを見て、

すごくびっくりしたんです。それで、なんだか楽しくなってきちゃって……」

「あー、あれか。俺も驚いた。白石ホテルのロビーにあるシャンデリアも有名だけど、それに負けないくらいの迫力だったな」

「ですよね。キラキラしていて眩《まぶ》しくて。びっくりしすぎて息をするのも忘れちゃいました」

毛足が短いボルドー色のカーペットが敷かれた上品な空間に、存在感抜群のシャンデリア。まるで別世界に入り込んだかのようで、緊張しているのも忘れ、わくわくしてしまったのだ。

「シャンデリアを見上げてぽかんとしてると思ったら、いきなり力が抜けたみたいににっこり笑ってるし。俺の方はシャンデリアじゃなくて、珠希を見ながらぽかんとしてた」

碧は珠希をからかい、肩を揺らして笑う。

「ごめんなさい。あんな大きなシャンデリア、初めてで、つい」

「指輪も夢中で見てたよな」

視線を向けると、碧が優しい眼差しで見つめている。

ちょうど真上に来た太陽に照らされて、碧の顔がいっそうはっきりと見える。いつ見ても魅力的な顔を間近に感じ、珠希は視線を泳がせた。

「あれは……だって、どれもすごく綺麗で目が離せなくて。本当に素敵でした」

「感動だったな」

「はい。それはもう」

珠希は力強い声で答え、深くうなずいた。

初めての宝石店は予想外に居心地がよく、とても楽しかったのだ。店員たちは不慣れな珠希を見下すことなく迎え入れてくれたし、店全体に温かな空気が流れていて、気分よく指輪を選ぶことができた。

ふたりで決めた指輪は裏石と刻印をお願いしたので今日は持ち帰れなかったのが残念だが、できあがりが楽しみだ。

「これからも初めてのことをいろいろ経験して、楽しめたらいいな。いや、きっと楽しめる。俺もわくわくしてきた」

「でしょうね……」

碧に聞かれないよう、珠希はぽつりとつぶやいた。

碧の方こそ、初めて訪れた宝石店に興味津々といった様子で、結婚指輪の内側にあしらう石について店員と相談するときには石をいくつも見せてもらい、かなり悩んでいた。

ふたりとも宝石についての知識がほぼゼロで、気づけば店員を質問攻めにしてしまうほど夢中になっていた。青いイメージのサファイアにピンクやイエローをはじめ複数の色があると聞いたときには、シャンデリアを見上げたときと同じくらいの衝撃を受け、ふたりして顔を見合わせたほどだ。

「初めてだらけの珠希には、この先今日みたいな感動がたくさん待ってるんだな」

まるで碧の方がそれを心待ちにしているような声に、珠希もつられて笑顔になる。

全方位的に経験値が浅いことを引け目に感じていたが、それは楽しめる余白がまだまだあるということだと教えられた気がして、珠希の心がすっと軽くなった。

「あ、忘れるところだった」

碧は小さく声をあげ、後ろを振り返る。そこにはテーブルに置かれたコーヒーがふたつ。

「冷めないうちに飲もう。いち押しのコーヒーなんだ。さっきモーニングを食べた店で分けてもらってるお気に入り」

碧は説明しながら珠希の腰に手を回すと、テーブルに向かって歩きだす。

「あっ……」

　意外にスキンシップ過多の碧に、珠希はつい吐息を漏らした。

　白石ホテルの鰻店で結婚すると決めて以来、会えばいつも身体のどこかが触れ合っている。とくに今日役所に婚姻届を提出してからは、絶えず碧の体温を感じているようで照れくさい。

「母が持たせてくれたクッキーがあるんです。食べますか？」

　椅子に腰を下ろそうとしていた珠希は、ふと思い出し碧を見上げる。すると腰に回されていた碧の手に力が入り、抱き寄せられた。抵抗する間もなく珠希は碧の胸にすっぽりと収まり、顔を上げると碧の形のいい顎が、目の前にある。

「クッキーもいいけど、まずはこっちだな」

　空いている碧の手が、珠希の頬を包み込む。

「これが、夫婦になって初めてのキスか。……初めてだらけ、ひとつクリア」

　色気のある声とともに、碧の唇が、珠希のそれにぴったり重なった。

「んっ」

　息をつく暇もなく口内に舌が入ってきて、珠希は目を見開いた。

　我が物顔で侵入した碧の舌は荒々しく動き回り、珠希の舌は躊躇《ちゅうちょ》なく吸い上げられる。

「や……っ」

結婚を決めてからというもの、会うたびキスを交わしていたが、挨拶程度に重ねるだけのライトなものだった。なのに突然ここまで激しいキスを与えられ、珠希はひどく混乱する。

「珠希……」

唇を重ねたまま、碧は熱い吐息と一緒に何度も珠希の名前を口にしている。

珠希の唇に想いを注ぎ込むような切実な声、そして紅潮した頬。

「んっ」

夢中になってキスを繰り返している碧に強く抱きしめられて、珠希の下腹部がじわりと疼《うず》いた。

とっさに身体をよじり、初めて知る甘い感覚をやり過ごす。けれどそれは身体の深部に居座り、碧の舌が口内を刺激するたび、全身に広がっていく。

珠希は収まりそうにない疼きと大きくなる不安に困惑し、碧に強くしがみついた。

「珠希っ……」

全身を預けてきた珠希を碧は素早く受け止め、荒々しい動きでかき抱いた。

どんどん深くなる抱擁《ほうよう》に目はくらみ、身体がくらりと揺れる。

唇を覆い尽くす口づけがひどく息苦しい。珠希はうまく呼吸ができず、つい咳《せ》き込んでしまう。

「悪い……」

碧はそうつぶやきながらも止まる気配を見せず、珠希の耳元へ唇を滑らせた。その瞬間、珠希の身体が大きくわなないた。

脱力する中、珠希はこわごわと両手を碧の背中に回して抱きしめ返す。

「悪くないです……全然」

苦しいほどに抱きしめられるのが、心地いい。

絶えず碧の体温を感じていた珠希の身体は、いつの間にかそれに慣らされ、こうして自分からも碧を求めるほどに、変化していた。

珠希はその事実に愕然とし、胸に鋭い痛みを覚えた。この先自分の身体はどこまで碧を欲するようになるのだろう。

碧は妻として大切に扱ってくれるけれど、そこに愛情はない。そう遠くない未来に訪れるはずの碧との別れを覚悟しているのに、このままだと心だけでなく身体までもが離れられなくなりそうで怖い。

「集中しろ」

キスの合間、碧のくぐもった声が耳元を掠める。そして。

息苦しさを覚えるほどの抱擁や、口内を弄ぶ熱い舌。そして耳元を掠める甘い吐息もすべて――珠希自身が求めているのだと、思い知らされる。

初めて経験する感覚に身体がぶるりと震え、珠希はなにもかもを忘れるように碧の胸に顔を埋めた。

「珠希？」

珠希の様子に違和感を覚えた碧は、そっと珠希の身体を引き離し、お互いの目線を合わせた。

「顔が真っ赤。誰にも見せたくないんだよな、この顔」

親指で珠希の目尻を優しく撫でながら、碧は拗ねた口調でつぶやいている。

「あ、あの、今、なんて……？　ちゃんと聞き取れなくて」

珠希は荒い呼吸を繰り返し、首を傾げた。

昂《たか》ぶる感情が引く兆しはまるでなく、頬が紅潮し目は潤んでいる。

珠希の艶のある表情に、碧は息をのんだ。

「珠希、俺はこの結婚を――」

碧が切迫した表情を浮かべて口を開いたそのとき。

リビングから来客を告げるインターフォンの音が聞こえてきた。

「珠希ちゃん、久しぶりだね」

玄関のドアを全開にした珠希の目の前に、しばらくぶりの顔が現れた。

「河井《かわい》さん、ご無沙汰してます。今日はお世話になります」

珠希は陽気な笑みを浮かべる作業着姿の男性に、頭を下げる。

彼は珠希が働いている音楽教室の本部の社員で、二十年以上楽器の整備を担当している。

珠希が講師を始めてすぐの頃、実家にエレクトーンを設置する際に担当してくれたのを機に親しくなり、もともとピアノ専攻でエレクトーンの知識が乏しかった珠希にさまざまなことを教えてくれた。エレクトーンの調子が悪いときにはすぐさま修理に駆けつけてくれる、頼りになる職人だ。

今日は珠希のためにと碧が注文していた、エレクトーンの搬入と設置に来てくれたのだ。珠希と碧が婚姻届の提出と結婚指輪の注文を終えたあと、慌ただしく帰宅したのはこのためだ。

「早速運んでいいかい？」

「はい。お願いします。この部屋に設置してください」

珠希は玄関に近い一室に河井を案内した。荷物ひとつない部屋に入った途端、河井は驚きの声をあげる。

「防音壁だよな、これ。え、工事を入れたのか？　こんな高級マンションに住んでるし、いわゆる玉の輿《こし》かい？」

がははと豪快に笑う河井につられ、珠希も笑い声をあげる。

「玉の輿……かもしれません。碧さん、あ、夫はお医者様なので」

「冗談だよ、冗談。和合製薬のお嬢さんと結婚するんだ。相手の方が、逆玉ってやつだな」

「そんなことないですから。誤解しないでください」

それも冗談とわかっていても、珠希がついむきになって反論したとき。

「今日は、よろしくお願いします」

碧が部屋に現れた。

「珠希の夫の宗崎です。配送予定では無理をお願いして申し訳ありません」

「いや、いいんだよ。結婚祝いにエレクトーンを買ってやるなんて粋《いき》なことする旦那、早く見てみたかったんだ。へえ、男前だね。珠希ちゃんも幸せだ。最高グレードのエレクトーンをぽんと買ってくれるほどの男、滅多にいないよ」

「ですよね。そこまでのグレードは必要ないと思うんですけど」

珠希は照れくささをごまかすように、顔を赤らめつぶやいた。

碧をチラリと見るとにっこりと笑っていて、気後れしている珠希の気持ちは完全無視だ。それどころか配送担当の作業員たちがエレクトーンを部屋に運び入れるのを、わくわくしながら眺めている。その表情は、売り場に並ぶ楽器を見て目を輝かせていたときと同じだ。

「楽器っていうより、電子機器って感じだな」

無駄のない動きで段取りよく組み立てていく作業員たちの手際のよさに、碧はひたすら感動している。

「それはそうかも。ネットにつないで本体のアップデートをしたりするんです」

「へえ。そういうこと、全然知らなかったな。今日は宝石といいエレクトーンといい、新しい世界を知れて、俺もアップデートされた気分だ」

順調に組み立てられていくエレクトーンから目を離さないまま、碧はいっそう笑みを深めた。

設置と設定が無事に完了し、河井は次の配送先へと向かった。今日はあと二軒の配送を抱えているそうだ。

珠希は作業が終わった部屋の拭き掃除を終えると、リビングで碧が淹れ直したコーヒーを飲みながらホッとひと息つく。

ローテーブルには河井から手渡された使用説明書や保証書などが広げられていて、碧はそれを熱心に眺めている。

珠希はコーヒーを手元に置くと、ラグの上で正座し碧に向き直る。その改まった様子に、碧は眉をひそめた。

「碧さん、最上級のエレクトーンを買っていただいただけでも申し訳ないのに、わざわざ一室を空けて防音対策まで、本当にありがとうございます」

珠希は神妙な面持ちで礼を伝え、その場で深々と頭を下げた。

「いいんだ。俺が勝手に楽しんでるだけだから、気にするな」

碧は慌てて珠希のもとにやってくると、頭を上げるようにと促した。

「珠希の生演奏を自宅で聴けると思えば、大したことじゃない」

「生演奏って、それほどの腕前でもないですから」

恐縮する珠希に、碧は苦笑する。

「俺が言ったこと、忘れたのか？　遥香ちゃんも俺も、珠希の演奏に鳥肌が立つほど感動したと言っただろう？　忘れっぽいようだから、もう一度言っておこうか？」

「あ、いえ、大丈夫です。忘れてませんから」

本気で繰り返しそうな碧を、珠希は慌てて止める。

「そう言ってもらえるのはうれしいんですけど、なにもあそこまでのグレードは必要ないかと……」

「いや、どうせなら一番いいものを買いたかったし、相談に乗ってくれた営業の人から、講師ならこの程度のグレードは必要ですって力説されたんだよな」

「……営業の戦略勝ちってことですね」

珠希は碧が顔を合わせたという営業担当の顔を思い出し、苦笑する。

碧がエレクトーンを注文したのは、鰻店で結婚を決めた翌日だったらしい。

あの日、白石ホテルをあとにしたふたりは、その足で珠希の実家に出向き、珠希の両親から結婚の承諾を得た。

碧との結婚を切望していた両親に反対する理由などなく、それどころか珠希の母は嬉々《きき》として碧の母親に電話し、ふたりの決断を伝えてしまったのだ。

もともと結婚する気配のない碧に気を揉んでいた宗崎家にも異論はなく、その瞬間ふたりの婚約は成立し、結婚に向けて動きが加速した。

「婚約指輪はうちで代々引き継がれている指輪を受け取ってもらうことになったから、エレクトーンはその代わりの意味もある。それに防音対策もばっちりだから、ここに生徒を呼んでレッスンするのもいいんじゃないか。第一、俺が珠希に演奏してもらえるのが楽しみなんだ。観客は俺ひとりのスペシャルステージ。それってかなりの贅沢《ぜいたく》だな」

贅沢なのは高価なエレクトーンを買ってもらえた自分の方だと珠希は口にしそうになる。けれど、早速スマホで曲を探す碧の楽しそうな笑顔を見ているうちに、珠希は素直にうれしいと思えるようになってきた。

本当は、あのエレクトーンが欲しかったのだ。

実家にあるのはワンランク下のモデルで、近いうちに買い替えようと思っていた。おまけに珠希のそんな思いなど知らない碧からの、プレゼントだ。偶然とはいえ、碧が珠希を理解しようと努力してくれているように思えて、珠希の心はじわじわと温かくなる。

「やっぱり一曲目はこの間のグリシーヌの曲かな……は？　珠希？」

「もちろんいいですよ。グリシーヌのクリスマスソングですよね。イベントに備えて毎日弾いてるのでお任せください」

「いや、お任せはするが……なんで泣いてる？」

「え、泣いて……？」

碧の言葉に慌てて頬に手をやると、たしかに濡れている。それも盛大に涙が流れているようで、あっという間に膝の上に水玉模様が浮かび上がる。

何度も手の甲で涙を拭うも、次々溢れる涙の勢いに追いつかない。珠希は決まりの悪さに両手で顔を覆い、碧に背を向けた。

碧の前で涙を見せるのは、遥香の手紙を手渡されたとき以来二度目だ。あの日は遥香の手紙に感動し、思わず泣いてしまった。

そして今は……。

あの日以上の勢いで流れる涙の理由なら、わかっている。

碧が愛しくてたまらない。

それが一番の、そして唯一の理由だ。

単にエレクトーンを買ってくれたからではなく、碧の優しさや懐の深さを知り、気持ちを奪われたからだ。

この結婚は、お互いに事情を抱えてのワケあり結婚で、決して愛情で結ばれたわけではない。だからここまで心を配ってもらえるとは、想像してもいなかった。

どちらかといえば、碧よりも珠希の方がこの結婚によるメリットは大きいはずなのに、それすらあっさり否定して、この結婚はフィフティ・フィフティだと笑っていた。

そして、とどめは今日のエレクトーンだ。

碧の底抜けの優しさを思い知り、珠希は碧を愛さずにいられないと、実感した。

出会ってすぐに目を奪われ、知れば知るほど惹かれていった。そして結婚を決めたときには好きだと自覚していた。

けれど今は、そんな軽い言葉で説明できないほど碧への想いが大きくなりすぎて、どうしようもなく苦しい。

碧を心から愛している。

自覚した想いの切なさに大きくため息をつき、頬をゴシゴシと手の甲で拭った。

その瞬間、碧の手が伸びてきて、珠希の身体を背後から抱きしめた。

「泣き顔。他で見せるなよ」

うなじにかかる碧の吐息に、珠希は身を震わせた。

「碧さん……?」

涙混じりのくぐもった声でおずおずと振り返ると、途端に唇にキスが落とされる。

珠希はとっさに離れようとするも、碧は珠希の身体を羽交い締《じ》めにして珠希の唇を何度も甘噛《あまが》みし、濡れたリップ音を響かせる。

「珠希」

荒い呼吸の合間、碧は珠希の身体を抱き上げた。

「えっ……」

気づけば碧の膝の上に横抱きにされていて、間近には碧の端正な顔。珠希は思わず顔を逸らした。

「……泣き顔もいいけど、驚いた顔もぐっとくるな。いつまでも見ていられる。これこそ、ひとつ目のメリットだよな」

碧は混乱している珠希の顔を、覗き込む。

「そ、それは私の台詞《せりふ》です」

目の前で蕩《とろ》けそうに甘い表情を浮かべている碧の顔こそ、ぐっとくる。

「碧さん」

少しでも動けば互いの鼻が触れ合いそうな親密な距離。自覚したばかりの碧への愛が勢いよく膨らんでいく。

「私、碧さんのことを……」

珠子の口からたまらず声が漏れる。

「どうした？」

碧は珠希の身体をそっと引き離した。

「あ、私……」

碧の目が、愛しげに珠希を見つめている。まるで碧に愛されていると錯覚してしまいそうなほどに甘く優しい眼差し。

「あの、ううん、なんでもないんです」

〝愛してる〟

あやうく口にしそうになった言葉を、珠希はすんでのところでのみ込んだ。

碧が珠希と結婚したのは、両親からの面倒なプレッシャーから逃れて仕事に集中するためで、珠希を愛しているからではない。

いつか離れると決めているのに、わざわざ想いを伝えて碧を困らせたくない。だから、伝えるわけにも、気づかれるわけにもいかない。

碧は珠希の演奏に鳥肌が立つほど感動したと言い、音楽一辺倒でそれ以外の知識が乏しい珠希をバカにせず、肯定してくれた。

たとえ珠希を愛していなくても、碧は珠希を理解し見守ってくれている。

――それでいい。

愛されていなくても、そして期間限定の関係だとしても、妻として寄り添えるなら、それでいい。

珠希は溢れ出そうになる想いに蓋をして、心の中でそう繰り返した。

「碧さん、あの……いろいろ感謝してます。これからよろしくお願いします」

せめてこれくらいは口にしても許されるだろう。

珠希はぎこちないながらも精一杯の笑顔を碧に向けた。

「突然どうした？　俺の方こそ末永くよろしくな、奥さん」

突然改まった珠希に、碧は眉を寄せつつ笑顔で応えた。

「ん？　ようやく涙が止まったみたいだな。いくら泣き顔がかわいいっていっても、笑ってる珠希が好きなんだ」

好きという言葉に珠希の身体が小さく反応する。

「どっちの顔も、人に見せるのがもったいないくらいかわいいけどな」

軽い口調でからかい、碧は珠希の頬に残っていた涙を舌で舐《な》め上げた。あっという間の仕草に、珠希は声を失いのけぞった。

「あ、碧さん……」

「あ、その顔も、いいな」

予想通りとばかりに楽しげにつぶやくと、碧は珠希の頭をくしゃりと撫でた。

「俺、結婚したその日に妻に泣かれて、困ってるんだけど」

碧は反対側の頬に残る涙も、唇を滑らせながら拭い取っていく。

「碧さんっ？」

ざらついた舌が頬に触れるたび、珠希は身をすくめて全身に広がる刺激をやり過ごす。

「まあ、泣き顔も俺好みだから、いいんだけど」

「あ、あの、すぐに泣いてばかりでごめんなさい。これからは、我慢しますから……」

「いや。我慢しなくていいけど、ひとつ約束してほしいんだよな」

吐息混じりの熱い声が、目尻を刺激する。そのあとを追うように、碧の唇がまぶたに落ちてきた。肌を掠めるだけのささやかな熱が、まるで拷問《ごうもん》のように刺激する。

「約束ってなんですか？」

珠希は閉じていたまぶたをゆっくりと開き、碧を見つめた。

初めて味わう疲労感で息は荒く、目を開こうにも力が入らず半開きが精一杯。

「……約束って、私に守れる約束ですか？」

珠希の囁きに、碧はくっと声を絞り出し、苦しげに顔をしかめた。そして。

「絶対に守らせる」

決して逆らえないだろう切迫した声が部屋に響き、珠希はたじろいだ。

射るような碧の強い眼差しには今まで見たことのない熱情が浮かんでいて、逃がさないとばかりに珠希を見つめている。

「きゃっ」

次の瞬間、身体がふわりと浮き上がり、珠希は慌てて碧の首にしがみついた。

「な、なんですか」

いきなりのお姫様抱っこに、珠希は困惑する。

普段と違う視界の高さ、そして目の前にはさらに熱情の色を濃くした碧の瞳がある。

なにかに耐えているような厳しい顔は、まるで別人のようだ。

「泣いてもいいんだ」

「え？」

「泣いてもいい。だけど俺の腕の中だけだ。そんなかわいい顔、他の誰にも見られたくない」

碧は珠希の唇に自分のそれを押しつけた。重ねられた熱から逃げようとする珠希を、碧はさらに拘束を強めて抱きしめる。熱を帯びた抱擁に、目がくらむ。

「あ……ん」

思わず開いた唇の隙間に碧の舌が入り込み、慣れた動きで珠希の口内を舐め上げる。

「約束は守れよ」

碧は珠希の唇を一度甘噛みし、つぶやいた。

「珠希が泣くのは俺に抱かれているときだけだ。それ以外で泣くのは許さない」

きっぱりと言い放つや否や、碧は意志を持った足取りで歩き始めた。思いの外大きく揺れて、珠希は碧の首にさらに強くしがみついた。

そして。

碧は寝室のドアを乱暴に開くと、ふたりで選んだ大きなベッドの上に珠希をそっと下ろした。そして珠希が落ち着く間もなく彼女の身体を組み敷くと、震える唇に噛みつくようなキスを落とした。

「んっ」

激しいキスに珠希は身体をのけ反らせ、息苦しさから逃れようと抵抗する。

押しつけられた碧の唇が、熱くてたまらない。

けれどそのたび、碧の手が伸び珠希の身体を押しつける。

「悪い……痛くても少しだけ我慢してくれ」

切迫している碧の声と顔が、たまらなく愛しくて。

珠希は碧に求められるがまま、初めて知る快楽に身を委ねた。

第五章　甘すぎる旦那様に夢中です

碧と結婚して一週間が過ぎ、珠希は新しい生活に少しずつ慣れてきた。

マンションの隣は緑豊かな公園で、日中は親子連れで賑《にぎ》わっている。大型スーパーも徒歩圏内にあり、大抵の買い物には困らない。

珠希と碧の職場にも路線は違うが電車で二十分。仕事を持つふたりが結婚生活を始めるには抜群の環境ともいえる。

「今日は一緒に食べられるかな……」

珠希は期待混じりの声でつぶやき、作り置きを詰めた保存容器を冷蔵庫にしまった。野菜の煮物やマリネ、そして碧が好物だと言っていたピーマンの肉詰めだ。他にもいくつか惣菜を用意したが、今晩碧と一緒に食べられるのかは夜になってみないとわからない。

この一週間、碧は病院に泊まることが多く、ふたりで食卓を囲んだのは数えるほど。

昨夜も急患が運び込まれてオペになったらしく、日付が変わって午前八時になった今もまだ帰っていない。

以前も丸一日固形物を口にしない日があったことを思い出し、珠希は碧の体調を気にかけ眉を寄せた。

初めて顔を合わせてから約一カ月。冬場のこの時期はとくに忙しいと聞いていたが、ここまでだとは思わなかった。

離婚までの限られた時間、少しでも長く碧と一緒に過ごしたいのだが、すれ違いの日々ではそれはなかなか難しい。

珠希はシンクでフライパンを洗いながら、広いベッドにひとりで眠るのは寂しすぎるとため息をついた。


その日の午前中、珠希は白石病院の中にあるカフェを訪れ、先週末に退院した遥香の母と顔を合わせた。

遥香の希望通り、彼女は退院後、自宅近くでエレクトーンのレッスンを受けることになり、教室を紹介してほしいと遥香の母から連絡があったのだ。

電話や郵送で済ませることもできたが、遥香の転院に際して必要な書類を白石病院に受け取りに来るというので、直接会って説明することにした。

調べた結果、遥香の自宅近くに珠希の同期が教えている教室があったので、そこを含めていくつかの教室を紹介した。

「通いやすさで選ぶのもいいですが、教室ごとに雰囲気も違うので、遥香ちゃんと見学に行かれてはどうですか？」

パンフレットを開き、遥香の母に説明する。

彼女は「そうですね」とうなずき、珠希が用意した教室の一覧に目を通した。

「じゃあ、うちから通えそうなこのふたつの教室を見学してみます」

遥香の母はそう言ってパンフレットをパタンと閉じる。そしてここからが本題だとばかりに姿勢を正し、にっこりと笑った。

「お忙しい中ありがとうございました。それに、この間は宗崎先生から楽譜、珠希さんからはCDをいただいて、遥香は大喜びです」

「あ、グリシーヌのですね。喜んでもらえてよかったです。私もあの曲が大好きで、よく弾くんですよ」

珠希は声を弾ませる。

あのクリスマスソングは碧も気に入っていて、弾いてほしいとよくせがまれるのだ。最近では防音室にソファを運び入れ、珠希の演奏を存分に楽しんでいる。

とはいえこの二日間碧は帰宅せず、珠希は演奏してあげたくてもできずにいる。

「宗崎先生も、あの曲が好きですよね」

遥香の母は珠希から受け取った資料を脇に押しやり、テーブル越しに珠希に身を寄せた。

「〝妻が僕のために弾いてくれるんです〟って真顔で爽やかにのろけるんです。男前のパワー炸裂《さくれつ》で、今、脳外科病棟は宗崎先生の新婚生活の話題でもちきりなんですよ」

遥香の母はおもしろがるようにそう言って、クスクス笑いだす。

「そ、そんな、新婚生活って……あの」

ここで碧の話題が出るとは思わず、珠希はうろたえる。

「あ、料理上手でなにを食べてもおいしいとも言ってましたね。遥香が珠希さんのことをすごくかわいくて優しいって熱弁するんですけど、今日お会いして納得です。お似合いで羨ましい」

「いえいえ、そんなことないです。結婚できたのもたまたまで。お似合いなんてとんでもない」

珠希は必死で反論する。お世辞だとわかっていても、碧に申し訳ない。

「遥香もいつか宗崎先生みたいにかっこよくて優しい人と結婚するんだって夢見てます。以前はパパのお嫁さんになるって言ってたので、夫はかなりショックを受けてますけど」

「女の子ならよくありますよね。私は五歳年上の兄のお嫁さんになるって言っていたそうです。うっすらとしか覚えてないんですけどね」

今では親戚で集まるときのネタのひとつとして使われる、楽しい思い出だ。

「でも、遥香ちゃんの気持ちはよくわかります。私も子どもの頃に入院したことがあるんですけど、そのときに碧さんのような素敵なドクターがいたら、お嫁さんになりたいって思ったはずです」

照れつつもすらすらと話す珠希に、遥香の母はくすりと声を漏らす。

「ごちそう様です。宗崎先生は、よほど素敵な方なんですねー」

「は……はい。素敵です。碧さん、私にはもったいないくらいに素敵なんです」

身を乗り出しきっぱりと言い切る珠希に、遥香の母は目を白黒させる。そして。

「おふたりは、似たもの夫婦だったんですね」

苦笑し、肩を揺らしていた。

それからしばらくして、遥香の母は病院をあとにした。

珠希は彼女を見送ってからもカフェに残り、タブレットで夕方のレッスンの下調べをしていた。

　今日の生徒は年明けにコンクールの決勝を控えた高校生の女の子だ。たしか彼女は今の遥香と同じ八歳からエレクトーンを始めたと言っていた。

　それから十年。こつこつと真面目に練習を続けた彼女は、今ではコンクールの優勝候補として名前が挙がるほどの実力者だ。

　コンクールがすべてではないが、遥香にも努力が結果として報われる未来が訪れますようにと、珠希は願った。

「もしかして……」

　そのとき、間近に人の気配を感じた。

「珠希さんだよね？　え？　ひょっとして旦那さんに会いに来たのかな？」

　聞き覚えのある声に振り返ると、白衣姿の長身の男性が立っていた。にこやかな笑みを浮かべ、珠希を見下ろしている。

「笹原先生っ。お久しぶりです」

　珠希は慌てて立ち上がる。

「やっぱり珠希さんだ。久しぶりだね。五年ぶりくらいかな。ご家族の皆さんはお元気？」

「はい。おかげ様で、皆元気にしています」

突然目の前に現れたのは、脳神経外科の部長である笹原医師だった。

祖父が亡くなって以来の再会に、珠希は声を弾ませる。

「相席してもいいかな？」

手にしているコーヒーを掲げ、笹原は問いかける。

「はい、もちろんです」

「あ、まずは結婚おめでとう。まさかうちのドクターと結婚するとはびっくりしたよ」

珠希の向かいに腰を下ろしながら、笹原は楽しげに笑う。

「ありがとうございます。急に決まって、私も信じられなくて」

顔を合わせた早々の祝いの言葉に、珠希は視線を泳がせた。

結婚して以来祝いの言葉をもらう機会は多く、珠希はそのたびそわそわしている。

お互いに事情を抱えたワケありの結婚だというだけでなく、いずれ離婚し碧を解放するつもりでいるのだ。そんな秘密を抱えていては素直に喜べないのも当然で、今も後ろめたさに胸がチクリと痛んだ。

「そのうち宗崎が紹介してくれるかなと期待してたんだけど、ここで会えてうれしいよ」

珠希の戸惑いなどまるで気づかない笹原の温かな声に、珠希は視線を上げる。優しい面差しは変わっていないが、目尻には以前にはなかったシワが増えていて、珠希はあれから五年経ったのだと実感する。

珠希も腰を下ろし、改めて「ご無沙汰しています」と軽く頭を下げた。

「あ、宗崎と待ち会わせでもしてるのかな？　さっき外来を覗いたら、午前診が終わったところだったよ」

「いえ、違うんです。さっきまで患者さんのお母さんとお会いしていたんです。三好遥香ちゃんです」

「遥香ちゃん……？　ああ、そういえば退院したらエレクトーンを習うって教えてくれたけど、そのことで？　珠希さんが音楽教室の講師をしているって拓真君から聞いてるけど」

珠希はうなずいた。

「そうか。遥香ちゃん、いよいよ退院だもんね。うれしい反面寂しいよ。あ、医師がこんなことを言っちゃだめだよね」

肩をすくめ苦笑する笹原に、珠希も笑い声を漏らす。

「遥香ちゃんもきっと寂しいと思いますよ。笹原先生は、優しいですから。祖父も笹原先生が病室を覗いてくださると、いつもうれしそうにしていました」

珠希の祖父はゴルフが唯一の趣味で、入院中も週末のゴルフ中継をテレビで見るのを楽しみにしていた。ゴルフ歴が長い笹原とは、ゴルフ談義に花を咲かせることも多かった。

病状が進行して一日の大半を眠り続けていたときにも、笹原はテレビから流れるゴルフ中継の実況を、祖父に聞かせてくれていた。そのときの祖父の寝顔は穏やかで、笑っているように見えることもあった。夢の中でクラブを手にし、グリーンに流れる心地よい風を満喫しているかもしれないと、笹原と笑い合ったことを思い出す。

「あれから五年か。五年経っても、僕は相変わらず魔法使いにはなれないままだな」

「あ……それは」

今の言葉は、五年前に珠希が口にした言葉だ。ここ最近思い出す機会は減っていたが、笹原の口から聞けば今も、胸に迫るものがある。

珠希たちに頭を下げ、自身の力のなさを詫びていた笹原の姿も思い出した。

「すべての病気を治せる魔法使いになりたくて精進してるけど、なかなか難しいな」

言葉の裏にある真意を察し、珠希は小さく首を横に振る。

どれほど医療が発達しても、新薬の開発に多大な費用を投じても、助けられない命がある。祖父が亡くなったときに思い知らされた現実は、今もまだ変わっていない。

「まあ、僕に負けず劣らずの意気込みで魔法使いを目指して奮闘中の宗崎に、未来を託すよ」

人好きのする笹原の明るい声につられ、珠希も笑顔を返す。

「碧さんなら、素敵な魔法使いになりそうですね」

憧れの笹原から未来を託すと言われたと知れば、碧は大喜びするはずだ。あまりの感動に泣いてしまうかもしれない。

まだ見たことのない碧の泣き顔が頭に浮かび、珠希はたまらなく碧に会いたくなる。

「だけど、優秀すぎる医師を夫に持つのも考えものだね」

笹原は気まずげに頭をかいている。

「……え？」

「僕も新婚さんの邪魔をして悪いとは思ってるんだけど、つい彼に頼ってしまうんだ。昨夜も立て続けに急患が運び込まれて、オペを任せてしまったし。今朝はそのまま外来だ。珠希さんに寂しい思いをさせてるってわかってるんだよ。でもごめんね」

自嘲《じちょう》気味にそう言って頭を下げる笹原に、珠希は「とんでもないです」と慌てて声をかける。

白石病院の顔ともいえる笹原に謝罪させるなど、周囲からどう思われるのかわからない。回り回って碧の評判に傷がつくかも知れないと、ヒヤヒヤする。

「私なら大丈夫です。たしかに寂しいですけど、碧さんが頼りにされているのは知っていますし、覚悟はしていましたから」

迷いのない珠希の言葉に、笹原は一瞬目を開き、すぐさま安堵の息を吐き出した。

「ありがとう。そう言ってもらえると少しは気が楽になるよ」

笹原はホッと肩を落とし、手元のコーヒーを飲み干した。

「それにしても、宗崎は仕事ばかりで、恋人がいるって話はまるでなかったんだよ。とくにこの五年はシフトを詰めて仕事に埋没してたから、心配してたんだ」

「あ、はい……」

珠希は五年という言葉が気になった。碧の口からも聞いたような気がしたのだ。かといって、記憶をたどってもピンとこない。

五年前に亡くなった祖父の話をしたばかりで、記憶が混乱しているのかもしれない。

「それがいきなりの結婚だから驚いたよ。見合いとはいってもあっという間のスピード婚。よっぽど珠希さんのことが気に入ったんだね」

「ち、違います。気に入ったのは私の方なんです。初めて会ったときから碧さんをいいなと思っていて……あっ」

　珠希は慌てて口を押さえた。耳や首まで真っ赤にし、ぶんぶんと首を横に振る。伝えるつもりのない碧への想いが口をついて出てしまい、恥ずかしさと後悔で心臓がばくばくと音を立てている。

「いいねえ、新婚さん」

　笹原はおもしろがるような目で、珠希を眺める。

「違うんです。あの、でも、違うわけではなくて、でも碧さんには言ってなくて」

「照れなくていいよ。僕はうれしいんだ。仕事一辺倒で色気のある話のひとつもなかった宗崎に、ようやく訪れた幸せだからね。昨日、早速仲人をお願いされたから、喜んで引き受けたよ」

「仲人……」

　碧からはなにも聞かされていない。

「妻共々、ふたりの門出を、全力でお祝いさせてもらうよ」

　珠希はカフェを出たところで笹原と別れたあと、思いきって碧の様子を見に行くことにした。

遥香の母と笹原から碧の話を散々聞かされて、会いたくてたまらなくなったのだ。

碧を愛していると自覚して以来、珠希は理性よりも感情が先立ち、自身をうまくコントロールできずにいる。今も碧の仕事の邪魔はできないと頭では理解していても、遠目で見るだけだから大丈夫と、自分に言い訳をしている。

いずれ手放さなければならない想いだとわかっていても、結局のところ、ようやく訪れた初恋に胸をときめかせ、右往左往しているのだ。

珠希は一階にある全館案内で脳神経外科の外来の位置を確認し、急いで二階に上がった。

午前診が終了したばかりで、どの診療科の前にもまだ多くの患者が残っている。

途中、診察状況を伝える電光掲示板で確認すると、脳神経外科の第5診察室の担当医師として、碧の名前が光っていた。

「一番奥か……」

笹原が午前診を終えていたと言っていたので、碧はもう診察室にはいないかもしれない。

けれどせっかく来たのだからと思い、珠希は最奥の第5診察室に向かった。

患者や看護師たちとぶつからないよう気をつけながら、ドキドキして歩を進めたが、第5診察室まで二十メートルほどのところで足が止まった。

「どうしよう……」

診察室の扉は閉じられていて、中に碧がいるのかどうかわからない。

まさか患者でもない自分が診察室を覗くわけにはいかず、今さらながら困ってしまった。

離れた場所から扉を見つめ、このまま引き返そうかと考えていた、そのとき。ひとりの女性が第5診察室の前にやってきて、扉をノックした。

「え……あの人……」

珠希は言葉をのみ込み、扉の前に立つ女性を凝視する。

長身でスタイルがよくショートヘア。そして彼女が着ているオレンジ色のコートはとても印象的で、強く記憶に残っている。

「紗雪さん……?」

そこに立っているのは間違いなく紗雪だ。険しい表情の中にも色香が漂う横顔には見覚えがあり、とても美しい。

どうして彼女がここにいるのだろう。

珠希はその場に立ち尽くす。

そのとき診察室の扉がゆっくりと開き、中から白衣の男性が姿を現した。碧だ。

碧はそこに紗雪がいると知っていたかのように平然と彼女と話し始めた。

落ち着き払った物腰で、手にしていたタブレットをふたりで覗き込んでいる。

紗雪は碧の言葉に静かに耳を傾けていて、合間になにか質問をしている。その表情は心なしか強張っていて、この間レストランで顔を合わせたときの印象とはまるで違う。碧に対する親しげな雰囲気は消え、ふたりの間には張りつめた空気が流れている。

「え、どうして……？」

「まさか、紗雪さんって」

碧が担当している患者なのだろうか。思いがけない状況に、珠希の心臓がとくとく大きな音を立て始める。

するとと碧の背後の診察室から、看護師が車椅子を押しながら現れ、紗雪の目の前で止まった。

背もたれが高く、頭部を固定する枕がついているその車椅子に、珠希は見覚えがあった。

祖父も病状が悪化し、自力で頭部を支えられなくなって以降、使っていたのだ。

珠希の胸に、当時の悲しみや切なさがよみがえってきた。

けれどそれは一瞬で、すぐに落ち着きを取り戻して再び碧たちに視線を向けた。

車椅子に座っているのは、六十代くらいに見える男性。足元まであるガウンを身にまとっているので入院患者のようだ。このフロアには放射線関係の検査室があったはずだから、検査後診察室に寄っていたのかもしれない。

紗雪は車椅子の前にしゃがみ込むと、ぼんやりしている男性の腕に手を置きながら話しかけている。

「パパ」

微かに紗雪の声が聞こえた。車椅子の男性は、紗雪の父親のようだ。

そのとき聞き覚えのある声が待合に響き、碧たちは一斉に顔を向けた。

「如月《きさらぎ》さん」

見ると、さっきまで珠希とカフェにいた笹原が手を振りながら駆け込んできた。

笹原は紗雪に軽く声をかけると、すぐに紗雪の父親に向き合い、顔色を確認している。カフェで珠希と軽口を叩いていたときと変わらない明るい笑顔に、碧や紗雪たちの表情が一気に和らいだ。

笹原は碧から手渡されたタブレットの画面を確認しながら、紗雪から話を聞いている。

珠希はその様子を眺めながら、紗雪の父親の担当医は笹原なのだろうと気づいた。碧は笹原が来るまでの間、看護師と一緒に見守っていたようだ。

「それはないですよー」

笹原の大きな笑い声が響き、待合にいた看護師やスタッフたちが苦笑している。珠希もつられてくすりと笑った。

笹原のこの陽気な笑い声は五年前と同じだ。患者だけでなく医師や看護師たちの心も明るくする、脳外科の名物なのだ。

この姿を見ただけでは、笹原が世界的に知られた脳外科の権威だとは誰も思わないだろう。そのギャップも笹原の魅力で、碧が目指している医師としてのあり方のひとつなのかもしれないと、珠希は感じた。

しばらく碧たちの様子を遠目に眺めていると、やがて紗雪は車椅子を押しながら、碧と看護師に頭を下げ、笹原とともに病棟に続く廊下に消えていった。

車椅子を押す紗雪の後ろ姿は毅然としていて、父親への愛情と覚悟のようなものが感じ取れた。足取りも力強く見えるが、ときおり不規則に足元がぐらりと揺れるのが、珠希は気になった。まるで必死で歩いているような、不安定な動き。

珠希は紗雪が消えた廊下を眺め、紗雪の父親の病状はもちろん、紗雪自身は大丈夫なのだろうかと、ひどく気になった。

振り返ると、当然ながら碧の姿は消えていた。紗雪の後ろ姿を見つめている間に診察室に入ってしまったようだ。

「帰ろう」

無性に碧に会いたくなってここまで来たが、結局声はかけられなかった。

思いがけず紗雪の状況を知ることになり後ろめたい思いもあるが、医師として患者と向き合う碧の姿を眺めることができて、話しかけなくてよかったと感じている。

惚《ほ》れた弱みがあるとはいえ、真摯に自分の役割を果たそうとしている碧の姿はとても輝いて見えた。

その姿は碧が仕事に集中できるようにという理由で結婚した珠希にとって、ご褒美《ほうび》のようにも思え、これからも碧のために力を尽くそうと、気持ちを新たにした。

するとバッグのポケットに入れていたスマホがメッセージの着信を告げた。碧からかもしれないと期待し、珠希は慌ててスマホを取り出した。予想通り碧の名前が表示されていて、思わず口もとをほころばせる。そして急いでメッセージを確認すると。

【今日は帰れそうだ。夕食は一緒に食べよう】

絵文字もスタンプもなにもないあっさりとした文面が、特別なものに見える。

珠希は胸の前で小さくガッツポーズを作り、その場で遠慮がちに飛び上がった。

忙しそうな姿を目の当たりにして今日も帰れないかもしれないと思っていただけに、喜びはかなりのもの。全身に力が湧いてくるのを感じ、会えなかったこの二日間は自覚していた以上に寂しかったのだと気づく。

【待ってます！】

即座に返信すると同時に、まだ碧がいるかもしれない第5診察室に向かって同じ言葉を声を出さずにつぶやいた。

「あれ？」

珠希は診察室の扉に書かれている第5診察室という文字に目を留めた。

真っ先に目がいくのは、5という数字だ。患者への配慮からだろうが、5が強調されかなり大きい。

「5……5……五年？」

なにかが引っかかり、ぼんやりと5という数字を眺めているうちに、珠希は笹原から聞いた言葉を思い出した。

『とくにこの五年はシフトを詰めて仕事に埋没してたから、心配してたんだ』

笹原は碧のことをそう言って笑っていた。

「五年前？」

珠希は五年前という言葉に違和感を覚えた。

以前、碧は研修医時代から白石病院で働いていると言っていた。だとすれば白石病院で働き始めて七年ほどになる。

五年前、碧になにかあったのだろうか。

珠希は診察室の扉の5という文字を眺めながら、気にしすぎかなと肩をすくめた。


「よし、できあがり」

テーブルの上に並んでいるできたてのいなり寿司を眺めながら、珠希は満足そうに微笑んだ。

これはほんのり柚子《ゆず》の香を効かせている母直伝のいなり寿司で、珠希の手料理の中でも一番好きだと碧が言っていた。

その隣には、これも碧が好きな酢豚や肉団子が並んでいる。

時計を見ると十八時を過ぎたところ。そろそろ碧が帰ってくるはずだ。

珠希はキッチンに戻り、味噌《みそ》汁の鍋に火を入れた。碧が好きな具だくさんの味噌汁で、食べる前に卵を落とすと完成だ。

ていた。

「今日って俺の誕生日だったっけ」

背後から聞こえた声に振り返ると、碧がコートを脱ぎながらびっくりした顔で立っていた。

「俺の好物ばかり並んでいて、誕生日とクリスマスが一気にやってきたみたいだな」

碧はテーブルに並ぶ料理をうれしそうに眺めながら声を弾ませている。

早速肉団子をつまみ食いしそうな素振りまで見せていて、珠希は碧のために腕をふるった甲斐《かい》があったと、大きな笑顔を見せた。

「クリスマスには、ちゃんと別メニューを披露する予定なので、期待していてくださいね。今日は夜勤続きで忙しい碧さんに体力をつけてもらおうと思って、いろいろ用意してみました。あ、そうだ」

珠希はコンロの火を消して、冷蔵庫から箱詰めされているイチゴを取り出した。

「昨日、お母様が持ってきてくださったんです。知り合いにイチゴ農家の方がいるっておっしゃってましたけど」

「ああ、母さんの大学時代の友達。毎年シーズン中に何度か実家に送ってくれるんだ。賞を獲ったこともある人気の品種らしい」

碧は珠希にそう説明しながら、箱の蓋を慎重に取り去った。

「綺麗……食べるのがもったいないくらいキラキラしてます」

珠希はイチゴを食い入るように眺め、声を弾ませる。

箱の中には大粒のイチゴが整然と並んでいて、深紅色の表面には艶があり、見るからにみずみずしい。

「お母様が絶賛してましたけど、賞を獲るのも納得の美しさですね。あ、これは食後に出しますね」

珠希は蓋を戻し、再び冷蔵庫にしまった。

「すぐに食事にしますか？　まずはゆっくりお風呂に入りますか？　え、碧さん？」

珠希が冷蔵庫の扉を閉じ振り返ると、目の前に碧が立っていた。とっさに後ずさった珠希の身体を、碧は素早く抱き寄せる。

「まずは風呂にしようか」

碧は珠希の耳元に唇を寄せ、囁いた。肌に唇の熱が触れ、珠希の身体がぶるりと震えた。

「わ、わかりました……じゃあ、すぐにお湯を張って……んっ」

それまで珠希の首筋をくすぐっていた碧の唇が、珠希の唇に重なった。

熱く柔らかな唇に覆われて、珠希の全身から力が抜けていく。

結婚して以来、絶えずどこかが触れ合っていることに慣らされた身体が、数日ぶりに抱きしめられ歓喜しているのがわかる。

珠希は自ら唇を差し出して、碧とのキスに酔いしれた。

「珠希……」

「……んっ」

キッチンに、どちらのものかわからない艶めいた声が響く。

「珠希」

愛しげにつぶやいた碧は舌先で珠希の唇を撫であげると、一度唇を強く押し当て離れていった。

唇に残る余韻に、珠希の身体がくらりと揺れる。

「会いたかった」

珠希の顔を覗き込み、碧は甘い声で囁いた。こつんと触れ合う額が熱を帯びる。

「私も、会いたかったです」

見つめ返し、想いを込めて答える。今日、我慢できずに会いに行ったことは、胸にしまっておく。

「そういえば、笹原先生に病院で会ったんだって？　綺麗な女性がいると思ってナンパしたら、珠希だったから泣く泣くあきらめたとか、この五年で一気に綺麗になって驚いたとか言ってたぞ。そういえば、笹原先生の奥さん、珠希に似ていた気がするな」

大げさに顔をしかめる碧に、珠希は呆れた声で笑う。

「ナンパって、冗談ですよ。笹原先生とは五年ぶりにお会いして、昔話をしていただけです。あ、そういえば——」

珠希は笹原が自身の後継者として、碧に期待していると言っていたことを思い出し、笑みを浮かべた。

「なんだ？」

不意に黙り込んだ珠希に、碧はいぶかしげな目を向ける。

「なんでもありません」

笹原とのやり取りは、いずれ笹原の口から直接碧に届けられるはずだ。ここで話さない方がいいだろうと、珠希は小さく首を振り、ごまかした。

「へえ。俺以外の男となにか秘密でもあるのか？　相手が笹原先生とはいえ、なんだか妬《や》けるな」

碧は表情を変え、低い声で珠希に問いかける。冗談だとわかっていても、強い口調で迫られて、珠希は小さく息をのんだ。

「それに、そのときカフェにいた別のドクターも、笹原先生と一緒にいる珠希が気になって、あとから先生にあれは誰かって聞いてきたらしい。ちなみに俺の同期の外科医で、グリシーヌの藤君に似てると評判のイケメン」

「えっ。藤君？」

碧の腕の中、目を輝かせ声を弾ませた珠希を、碧はじろりと睨みつける。

「あ……ごめんなさい」

碧の鋭い眼差しに、珠希はしょんぼりうつむいた。

「でも……あのとき店内に藤君ほどかっこいい人はいなかったような……」

「そういう問題じゃないだろ。ったく、これだから、外に出すのは嫌なんだよ」

「碧さん？」

顔をしかめてなにやらつぶやいている碧を、珠希は困った顔で見上げた。

笹原であれ、グリシーヌの藤に似ているイケメンであれ、相手が碧でなければ誰でも同じ。それにナンパ自体自分には縁遠い話で、万が一声をかけられたとしても、ただでさえ男性に慣れていないのだ、ついていくわけがない。

「これからも碧さんの顔を潰さないように気をつけますから、大丈夫ですよ。そういうのには慣れてますから」

「……は？　慣れてるって、ナンパに？」

眉をひそめる碧に、珠希は首を横に振る。

「今まで〝和合〟という名字のせいで、私が和合製薬の関係者だとすぐにばれるので、会社の看板に傷がつかないように行動には注意していたんです。これからは碧さんの評価が下がらないように気をつけますから、安心してください。いくら音楽以外のことに無知だとしても、そのあたりの常識は備えているつもりですよ」

心なしか胸を張り誇らしげに語る珠希に、碧は目を丸くする。

珠希はまたなにか場違いなことでも言ってしまったのかと、慌てた。

「碧さん……？」

「い、いや。なんでもない……」

碧はそう言いながらも片手を口に当て、肩を揺らして笑い始めた。

「ご、ごめん。なんでもないんだ。ただ、とんちんかん……いや、とん……とんでもなく珠希が頼りになると思うと……つい笑ってしまうほどうれしいんだ」

碧は珠希に背を向け、喉の奥で笑っている。

ときおり咳き込んでしまうほどのうれしさとはなんなのか。珠希にはさっぱりわからない。

「あー、悪い」

ひとしきり笑ったあと、碧は息を整えながら目の端に浮かんだ涙を指先で拭う。

「珠希を信じてないわけじゃないんだ。ただ、音楽以外のことに不慣れな珠希が心配なんだよ。妙な男にかっさらわれるかもしれないからな」

次第に真剣味を帯びてきた碧の声に、珠希は軽く肩をすくめる。

「かっさらわれるなんてありえません。気にしすぎです」

「いつでも俺がそばにいて守ってやれるわけじゃないから、気にしすぎるくらいがちょうどいいんだよ。とにかく、俺以外の男には気をつけるんだぞ」

語気を強めて話す碧に、珠希はこくりとうなずいた。珠希を心配し厳しい表情を浮かべる碧はいつも以上にかっこよく、見とれてしまう。

「聞いてるのか？　そうやってぼんやりしてるなら、この部屋に閉じ込めて仕事も休ませるからな」

「き、聞いてます。ごめんなさい」

碧の呆れた声に、珠希は顔を赤くし謝罪する。つい碧に見とれていたとは、言えるわけがない。

「まあ、珠希を家に閉じ込めておくなんて、俺はそんな心の狭い男じゃないからな」

場の空気を軽くしたいのか、碧は軽い口調でそう言うと、まだ着替えていないスーツの上着のポケットからなにかを取り出した。

もったいぶった仕草で碧が珠希の目の前に差し出したそれは、ベルベットの小箱だ。

珠希は見覚えのあるボルドー色に、目を奪われた。それはふたりで訪れた、宝石店のカーペットの色だ。

「これって、もしかしてこの間の？」

珠希は碧に視線を向け、問いかける。すると、碧が大きくうなずき返す。

「今日、仕事のあとで受け取りに行ってきたんだ」

碧は珠希の前に小箱を掲げ、ゆっくりと蓋を開いた。

「素敵……それに、眩しい」

珠希は目の前に現れた結婚指輪をまじまじと見つめ、感嘆の声をあげる。

碧とふたり、散々吟味《ぎんみ》して選んだ指輪がケースの中で並んでいる。

「休みを合わせてふたりで受け取りに行くつもりだったけど、笹原先生とか同期のあいつの話を聞いて、急いで行ってきたんだ」

「……どうして？」

結婚指輪と笹原がどうにも結びつかず、珠希は首を傾げた。そしてあの宝石店ならまた行きたかったのにと、密かに悔しがる。

「それにしても綺麗……。この指輪はどうするんですか？　結婚式までしまっておくんですか？」

指輪の輝きに目を奪われた珠希は、碧に顔を向けることなく問いかける。

内側にあしらわれているサファイアや、日付の刻印が気になって仕方がない。

「は？　結婚式までしまっておくわけがないだろ。なんのために今日受け取ってきたと思って……」

呆れた声がその場に響いたと同時に、碧は小さい方の指輪を手に取り、珠希の左手薬指にすっと通した。

その間、わずか数秒程度。

いきなり左手に幸せの重みを与えられ、珠希は息を止める。そしてゆっくりと左手を目の前にかざした。

飾り気のないストレートラインの上下に、ミル打ちが施されているシンプルな指輪だ。傷ひとつないプラチナが品のある輝きを放っている。

「素敵ですね」

感極まった言葉とともに、珠希の目から涙がこぼれ落ちた。今まで碧の前で流した涙とは少し違う。これはうれし涙だ。

「俺のためだと思って、外さずにつけておいてくれ」

珠希の頬を拭い、碧は照れくさそうに言う。

「じゃあ、このままずっとつけていていいんですか？」

軽くしゃくり上げている珠希に、碧は「もちろん」と真顔でうなずいた。

「珠希が面倒な男に声をかけられないために、ちゃんとつけてろ」

「またそれですか……心配のしすぎです。笹原先生も同期の方も、碧さんをからかってるだけで――」

「だとしても、この家に閉じ込められたくなかったら、ちゃんとつけてろ。もしも外で男に声をかけられるようなことがあったら、珠希が誰のものなのかをこの指輪を見せて言っておけ」

碧は荒々しく言い捨てる。

「碧さん……？」

珠希は突然声を荒らげた碧を、ぽかんと見つめる。

「あ、いや。もちろん珠希は物じゃないってわかってるんだ。だけど、他の男から言い寄られるのは腹が立つ……いや。とにかく、指輪は外さず身につけておいてほしい」

碧は決まりが悪そうにそう言うと、そっと視線をさまよわせた。

「だったら、私も」

珠希はケースの中に残っているもうひとつの指輪を取り出すと、それを碧の左手薬指に素早く通した。男性にしては細くまっすぐな指に、プラチナが輝いている。

「碧さんも、ずっとつけておいてくださいね」

珠希は碧を見上げ、はにかんだ。勢いに任せてこんなことをしてしまったが、やはり照れくさい。

「あ、で、でも。お仕事の邪魔になるようなら、外してもかまわないので、そのあたりは臨機応変にというか。なるべくつけておいてほしいというか」

「珠希」

あたふたする珠希の頭を軽くポンポン叩くと、碧は左手を目の前にかざした。

「綺麗だな。それに、思っていた以上に、気持ちが引き締まる」

碧の神妙な口ぶりに、珠希は心を落ち着けうなずいた。そして碧の左手に自身の左手をそっと並べてかざした。

ダイニングの明かりに照らされたお揃いの指輪が、目に眩しい。

「珠希を妻にできたって、今ようやく実感してる。指輪ひとつで、俺も単純だよな」

感慨深げにつぶやく碧の言葉に、珠希の胸は大きく震えた。

碧への想いが今にも溢れ出しそうでどうしようもないのだ。

顔を合わせるたび、言葉を交わすたび、そして身体を重ねるたび、好きだという気持ちがどんどん大きくなって、珠希の手に負えなくなっている。

「……本当に綺麗ですね」

珠希は伝えたい言葉に代えてそうつぶやくと、溢れる想いを鎮めるように、指輪のまばゆい輝きをただ一心に見つめた。

入浴と食事を済ませたふたりは、早々に寝室に引き上げた。

揃ってベッドに入り、ヘッドレストに身体を預けてタブレットを覗き込む。

「悪いな。当日の衣装だけは早めに決めてほしいって母がうるさいんだ」

目当ての画面を呼び出した碧からタブレットを受け取り、珠希は軽く首を横に振る。

「それは私の母も同じです。すみません」

見合いの日に初めて顔を合わせて以来、母親ふたりは協力し合い本人たちそっちのけで結婚式の準備に奔走している。今日も夕食のあと、碧の母から衣装合わせの日程が迫っているのでおおまかな希望を教えてほしいと連絡があった。

「それにしてもあのふたり、楽しみすぎだ。俺たちの結婚式だってわかってるのかな」

呆れた声でつぶやきながら、碧はこめかみを指先でほぐしている。仕事が忙しいだけでなく、結婚式を取り仕切る両家の母親たちに振り回されているようだ。

最近聞かされ驚いたのだが、珠希と碧が正式に結婚を決める以前から、親たちは結婚式に向けて積極的に動いていたらしい。とくに母親ふたりは、見合い当日珠希と碧が料亭をあとにした直後、白石ホテルに足を運んで来年六月の挙式と披露宴を予約してしまったそうだ。

碧の実家は国内でも指折りの大病院。かたや珠希の実家は国内最大手の製薬会社だ。両家の結婚式ともなれば招待客の数はかなりのもので、政財界の重鎮や芸能関係者も多く含まれる。だからこそ先手先手で動いて、会場を押さえたり、招待客の調整に時間を割いたりしているのだ。

「この中から気に入った衣装をピックアップすればいいってことですか?」

「ああ。衣装合わせのときに効率よく試着して、これぞという衣装を選びたいらしい。当日の主役は花嫁だから、珠希の衣装に関しては相当気合いが入ってる。俺の衣装は笑われない程度のもので十分らしい」

とくに異存はないのか、碧はなんてことのないように言っている。

「だったら、私が碧さんの衣装を決めていいですか？」

珠希は勢いよく身体を起こし、碧に向き直る。

「碧さんは背が高くて手足も長いからなにを着ても似合うと思うんですけど、袴《はかま》姿をぜひ見てみたいです」

珠希は膝立ちで碧に詰め寄り、期待で目を輝かせる。

「袴？　神前式だから、それは強制的に着せられると思うけど」

「それと、タキシードは白がいいと思います。碧さんの爽やかな雰囲気にぴったりです。襟に銀糸の刺繍《ししゅう》があれば最高です」

珠希は胸の前で両手を組み、白タキシード姿の碧を想像してうっとりする。

「わかったよ。白でも黒でも、珠希好みの衣装を着るから好きにしてくれ。まずは珠希のドレスだ。ざっと見て、どのタイプがいいか決めよう。母親たちが、それをベースにして、衣装合わせまでに集められるだけ集めておくらしい。ごめんな」

申し訳なさそうに話す碧に珠希は苦笑し、タブレットに視線を落とした。

そこには白石ホテル婚礼部が扱う衣装のうち、担当者が厳選したという写真がずらり並んでいる。和装と洋装を合わせて百点ほどあり、画面越しにも華やかだ。

「どれも綺麗ですね。それにデザインが豊富で目移りします。碧さんはどれが好みですか？」

「ん？　俺はそうだな」

碧はふとつぶやきながら、珠希を抱き寄せ足の間に座らせた。

「えっ」

いきなり抱き寄せられ、珠希は身体を強張らせる。

「珠希ならなんでも似合いそうだよな……」

碧は後ろから珠希を抱きしめ、珠希の肩ごしにタブレットを覗き込む。

「珠希は色白だからどの色も映えそうだけど。やっぱり名前にちなんでパールをあしらったドレスがいいんじゃないか？」

碧は珠希のお腹の上に置いていた手でタブレットの画面を操作し、次々現れるドレスを確認していく。

「これなんて似合うと思うけど。手の込んだ刺繍にたっぷりのパール。上品で優しい感じ。珠希のイメージにぴったり」

「……う、うん」

珠希は声を絞り出しどうにか答えた。

碧の腕の中に囚《とら》われ、肩口には碧の甘い吐息。おまけにタブレットに触れる碧の手は、動くたびにタブレットだけでなく珠希の胸を掠めるのだ。

お揃いのシルクのパジャマ越しに、碧の指先が何度も胸を刺激して、そのたび珠希の身体は熱くなり、呼吸も浅くなっていく。

「カラードレスも豊富だな。あ、さっき見ていた中に気になるのがあって。たしかこのあたりのはず」

碧はタブレットを両手で掴むと素早く画面をスクロールする。

「これだ」

「きゃっ」

碧の弾む声と、珠希のびっくりした声が続けざまに部屋に響いた。

「……どうした？」

「あ、ううん、なんでも」

珠希は真っ赤にした顔を何度も横に振る。

タブレットの画面に目当ての写真を見つけた碧に勢いよく背後から抱きしめられ、驚いて声をあげてしまったのだ。

声だけでなく心臓も音を立てている。

今も背中全体に碧の体温が密着していて、鼓動が鎮まる気配は見えない。

おまけに誰にも聞かれたくない声を漏らしてしまい、珠希はあまりの恥ずかしさにうつむいた。

「珠希」

碧の艶のある声に呼びかけられても、珠希はうつむいたまま。

「珠希……」

碧はタブレットを珠希から取り上げ、ベッドの端へと無造作に放り投げる。

「珠希、珠希……」

珠希の上で組まれた碧の手が、いっそう強い力で珠希を抱きしめる。

「あ、碧さん……」

珠希は碧の手に自分の手を重ねた。

ふたりが身につけている、オフホワイトのシルクと、緑を感じさせる青いシルクのパジャマが重なり合い、目に鮮やかだ。

結婚祝いだと言って拓真夫婦が用意してくれたお揃いのパジャマは、ふたりの名前になぞらえて特注した逸品らしい。

真珠に名前の由来を持つ珠希と、青緑を表す碧。

パジャマの袖口が珠希のお腹の上で重なっているのを眺めていると、恥ずかしさも照れくささも消えて温かな気持ちになる。

碧の一番近くにいるのは自分だと、実感できるから――。

「たまき……」

名前を呼ばれたと同時に背中に碧の体重が乗って、肺に痛みを覚えても、こうして一緒にいられるだけで幸せだ。

珠希は碧の手をそっと包み込み、ゆっくりと振り返った。

――そのとき。

「え……？」

碧の身体は珠希を抱きしめたままゆっくりと傾いていき、あっという間にベッドに倒れ込んでしまった。

「碧さんっ？」

仰向けになった珠希の上に、端正な碧の顔が乗っている。珠希は慌てて起き上がろうとするが、まるでそれを拒むようにぎゅっと抱きしめられる。

「え……っ」

気づけば碧の鎖骨に額を押し当てられ、下半身も碧の脚に押さえつけられている。

これでは身動きがとれず、珠希は慌てた。

細身の見た目に反して筋肉がバランスよくついた碧の身体は固くて逞しい。

長時間のオペに備えてジムで身体を調整していると言っていたが、納得の力強さだ。

「碧さん？　大丈夫ですか？」

珠希はどうにか顔を上げ、碧の様子を確認する。倒れた反動でどこか怪我をしていないかと心配したが、ここはベッドの上。大丈夫のようだ。

「碧さん……まさか、寝ちゃった？」

珠希はぴくりとも動かない碧の顔を、まじまじと見つめる。

やはり眠っているようだ。

「……お疲れ様」

珠希はねぎらいの言葉をかけ、軽い寝息をたてている碧をそっと抱きしめた。

すると無意識なのか、碧が珠希をぎゅっと抱きしめ返す。

「……ふふっ。うれしい」

夜勤続きで何日もまともに眠っていないのだろう。ついに力尽きたに違いない。

笹原を目標にして、賢明に患者に向き合う碧がとても愛おしい。碧なら、笹原の期待に応えて魔法使いにもなれるかもしれない。

「碧さん、好き。……ううん、大好きなの」

すやすや眠っている碧を前に気が緩んだのか、隠しきれない想いが口をついて出る。

いつか、碧の目をまっすぐ見ながら、同じ言葉を言ってみたい。

ずっと一緒にいられたらいいのに――。

叶うはずのない願いを心の中で繰り返しながら、珠希はたまらないとばかりに碧の胸に顔を埋め、目を閉じた。

「碧さん……離れたくない……」

碧に続いて眠りに落ちる直前、珠希の口からは、碧には決して伝えられない想いがこぼれ落ちていた。

第六章　結婚の裏事情

十二月も半ばを過ぎ、珠希の職場もビル全体がクリスマス仕様にデコレートされている。

通りに面した一階のディスプレイには雪だるまにトナカイやサンタ。そして、楽器販売も兼ねているロビーには、大きなクリスマスツリーが飾られている。

全国の各教室で毎年クリスマスシーズンに登場するツリーは〝飛躍のツリー〟と呼ばれ、生徒たちの間でかなり有名だ。過去にこの教室に通っていた生徒の中には、今では世界で活躍する有名音楽家が複数いて、その多くがツリーの前で写真を撮っていたからだ。

その事実は現在レッスンに励んでいる生徒たちのモチベーションアップにつながるようで、十二月に入ってツリーが登場して以来、毎日多くの生徒たちがツリーの前で満面の笑みを浮かべ写真撮影をしている。

いつか自分も音楽家として大きなステージに立てるようにと、お願いしながら。

ついさっきまで珠希のレッスンを受けていた生徒たちも、代わる代わるツリーの前に立ち、スマホを構えている。

珠希は二十年ほど前に、自分も同じだったことを思い出しながら、その様子を眺めていた。

「こんにちは」

背後から声をかけられ、珠希は振り向いた。

「和合先生、お久しぶりです」

「あ、くるみちゃんのお母さん。こちらこそ、お久しぶりです。お迎えですか?」

「そうなんです。いつもなら職場が近い夫が仕事帰りに寄って一緒に帰ってくるんですけど、今日は出張で来れないので、私が。先生とも半年ぶりくらいですね」

「はい。ご無沙汰してます。この半年で、くるみちゃん、かなり上手に弾けるようになりましたよ」

ふたりは揃ってツリーの前にいる女の子に視線を向けた。現在小学三年生の佐木《さき》くるみだ。

「そうなんです。家でも毎日練習していて、ここ最近ぐんと上達した気がしていたんです。あ、親バカですみません」

くるみの母は、ツリーの前ではしゃぐ娘を見ながら照れくさそうに肩をすくめる。

「いえ、本当に上達してますよ。毎日の練習の成果ですね。これからが楽しみです」

「ありがとうございます。実はくるみが練習熱心なのは、和合先生のお兄さんのおかげなんです」

「……兄、ですか？」

珠希が一瞬表情を曇らせたことに気づかず、くるみの母は言葉を続ける。

「私が和合拓真さんのファンで、コンサートの映像を家でよく見ているんです。そうしたらくるみも、あっという間にファンになったんですよ」

「ああ、そうだったんですね」

珠希は感情のこもらない声でさらりと返す。

それと同じような話なら、今まで他の生徒からも何度も聞かされたことがある。

「拓真さんがピアノから離れてご実家の会社を継ぐと聞いたときには私、涙が止まらなかったんです」

「……はい」

「くるみも拓真さんの素敵な演奏とあの王子様のようなルックスに憧れて、拓真さんのようなピアニストになるって言いだして。それがきっかけで毎日きちんと練習するようになったんです。拓真さんのおかげです」

「……くるみちゃんはもともと練習熱心ですから」

珠希はそう言って、熱く拓真のことを語るくるみの母から顔を背けた。

これまでにも拓真のファンだという生徒やその家族と顔を合わせる機会は多く、珠希が拓真の妹だということで、この教室に入会を決めた生徒も少なからずいる。

「くるみ、拓真さんがあのツリーの前で撮った写真を見て、今年は絶対に自分も撮るって楽しみにしていたんです」

それはきっと、拓真が現役時代にピアノの専門誌で特集が組まれたときに掲載され、話題になった写真だ。今では実家のリビングに、珠希の写真と並べて飾られている。

「長男の拓真さんがご実家を継ぐのは当然だとわかっていても、やっぱり残念です」

何度聞いてもその言葉には慣れそうにない。まるで珠希が継げばよかったのだと責められている気がするのだ。

「でも、拓真さんをこれからも応援しようと思って、お薬を買うなら和合製薬って決めてるんです」

それも拓真のファンの間ではお決まりのことのようで、冬場の今、和合製薬の風邪薬は他社の何倍もの売り上げを出している。

「あ、写真を撮り終えたようですね。くるみちゃん、お母さんがお迎えに来てるよ」

珠希は拓真の話をまだまだ続けそうなくるみの母からそっと距離を取り、ツリーの前にいるくるみに声をかけた。

その後事務所で雑務を終えた珠希は、志紀とともに職場をあとにした。

金曜十八時の大通りは、周辺を彩るイルミネーションを楽しむ人で溢れている。

「毎年綺麗だね」

煌《きら》びやかな光を見上げ、珠希は感嘆の声を漏らす。

この界隈《かいわい》は、通りに面した店舗の個性豊かなイルミネーションが有名で、テレビの中継が入るなど、この時期の風物詩となっている。

本当なら今日は、仕事終わりの碧と待ち合わせてこのイルミネーションを一緒に楽しむ予定だったのだが、容態が気になる患者がいるからと、昼過ぎには断りのメッセージがスマホに届いていた。

「なになに？　やっぱり旦那様に会いたくなった？」

事情を珠希から聞いていた志紀は、からかうように珠希の顔を覗き込む。

「そんなこと……ない」

図星を指され、珠希は視線をさまよわせる。

「強がらないの。新婚さんなんだから、会いたくて当然。文句のひとつやふたつ、言ってもいいと思うよ。珠希のことだから、ものわかりのいい返事しかしていないんでしょ？」

「……そうだけど。文句なんて言えないから」

珠希は力なくつぶやいた。

碧が仕事に集中できるように、そして碧の結婚を待ち望む彼の両親を安心させるために——。

そんな目的による結婚だ。碧が珠希との約束より仕事を優先するのは当然で、珠希が文句を言える立場にいないのはわかっているが、ふたりの距離が徐々に縮まり結婚生活が順調に回り始めている中、楽しみにしていた約束があっさりキャンセルされたのだ。どれだけ碧への想いを募らせても、それは珠希の一方的な想いなのだという現実を思い知らされたようで、落ち込んでしまう。

「一緒に見たかったな……」

碧には言いたくても言えない本音が、ついこぼれ落ちる。

「でしょうね。でも今日のところは私で我慢して」

間髪入れず返ってきた志紀の言葉に、珠希は吹き出した。

「ふふっ。我慢どころか喜んで。私の方こそ、あのイケメンの彼氏さんじゃなくてごめんね。——あ、すみません」

人混みの中で話に夢中になっていたのが悪かったようだ。珠希は誰かとぶつかり軽くよろめいた。

「すみません、大丈夫ですか？」

慌てて振り返ると、ひとりの男性がその場で仁王立ちし、珠希を睨みつけている。

「べらべらしゃべってないで、気をつけろよ……は？　和合さん？」

「すみません……大宮さん……？」

珠希は目を見開き驚いた。今ぶつかった相手は、大宮病院の大宮だったのだ。

彼もイルミネーションを見に来たのかラフなスタイルで、傍らには女性が寄り添っている。明るく染めた長い髪をおろしていて、厚い唇が印象的な色気のある女性だ。

珠希に興味などないのか、つまらなそうに大宮の腕を掴んでいる。

「本当にすみません。あの、お怪我は——」

「ないよ。それより、これだけ人が多いんだ。ちゃんと前を見て歩けよ」

「は、はい。すみません。……あの？」

ぞんざいな態度の大宮に、珠希は違和感を覚える。

大宮と顔を合わせるのはこれで三回目だが、これまでの彼は珠希に対して腰が低く必要以上に愛想がよかった。

けれど、今の大宮はまるで別人のようだ。腰が低いどころか、珠希をバカにするような目で睨み、愛想のかけらも見当たらない。

ぶつかったとはいえ、肩と肩が軽く触れ合った程度でここまで怒るのもおかしい。

前回、珠希と一緒に顔を合わせていた志紀も不思議に思うのか、いぶかしげな視線を大宮に向けている。

「あの、なにもなければ私たちはこれで。すみませんでした」

珠希は頭を深く下げ、この場を去ろうと歩きだした。

「どうして俺との見合いを断ったんだ？」

背を向けた途端、大宮の怒りに満ちた声が聞こえ、珠希は足を止めた。見合いと聞こえたが、なんのことかわからない。

振り返ると大宮が異様な形相で珠希を睨んでいて、珠希は大きく後ずさる。

「俺は大宮病院の次期院長だぞ。俺と結婚したら君は院長夫人だ。なのにどうして断ったんだ」

大宮は我慢できないとばかりに声を荒らげ、珠希に迫る。

「声をかけてやったらうれしそうに笑ってたくせに、なんだよ、たかが薬屋の娘が偉そうなんだよ」

「そう言われても……。お見合いって、いったいなんの話ですか？」

　珠希は答えに困る。

「まさか、聞いてないのか？」

　大宮は眉をひそめる。

「はい。あ、それっていつ頃のお話ですか？」

　碧との結婚後に持ち込まれた話なら、両親はわざわざ新婚の珠希に伝えないだろう。知らなくて当然だ。

「先月、うちの病院で顔を合わせた翌日だ。初めて会ったときから結婚したいと考えていたから、見合いに向けて準備していたんだ」

「えっ。そうなんですか……」

　珠希の予想は外れていた。

　だとすれば、碧との見合いの話よりも、大宮との見合いの話の方が早く持ち込まれていたことになる。

「親戚に頼んで見合いの話を持っていけばあっさり断るし、父親に直接会いに行ったらあんたには結婚を考えている男がいるからとか見え透いた嘘をついて追い払うし。あー、思い出すだけでむかついてくる」

大宮は顔を大きく歪め、舌打ちを繰り返している。

彼に対してこれまで抱いていた印象とのあまりの違いに、珠希は不安を覚えた。

「で？　まだ間に合うぞ。院長夫人になりたかったら、今からでも見合いしてやってもいい。なんならこの週末にでもどうだ？」

「えっ？」

珠希は耳を疑った。

「あなた、なに言ってるんですか？」

「し、しきっ」

それまで様子を見ていた志紀が、割り込むようにして声をあげた。

「お見合いなんて、するわけないでしょ」

志紀は珠希の前に出て、きっぱりと言い放つ。

「見え透いた嘘なんかじゃないわよ。ほら、見てみなさいよ」

志紀はそう言うや否や珠希の左手を掴むと、大宮の前にかざしてみせた。

プラチナの結婚指輪がキラリと光り、存在を主張している。

「珠希は結婚したの。だからお見合いなんてするわけないの。わかった？」

「結婚？　は？　いつだよいつ」

ここでようやく状況を理解したのか、大宮の顔色が変わる。

「十日《とおか》ほど前です」

志紀につられ、珠希も強気で言い返す。

「な、なんだよそれ。院長夫人にしてやろうと思ってたのに、なんだよ」

「おあいにくさま、珠希の結婚相手は——」

「志紀、いいから、もう」

志紀が碧の名前を口にしそうになり、珠希は慌てて遮った。わざわざ大宮に伝える必要はないはずだ。

「ちっ。なにコソコソやってるんだよ」

大宮はよほど腹が立つのか荒い仕草で髪をぐしゃぐしゃにし、再び珠希を睨んだ。

「だったら、今後の和合製薬との付き合いは考えさせてもらう」

【患者の容態が気になるから今日は帰れそうにない】

【正月はどうするんだ？　珠希が家を出てから父さんたち寂しそうだぞ。見合いをさ

せたことを、今頃になって後悔してるみたいだな】

志紀との食事を終えて自宅に帰る電車の中で、碧と拓真から一通ずつ、ほぼ同時にメッセージが届いた。

結局、あのあと大宮は怒りそのままに立ち去ってしまい、その場に取り残された珠希たちはしばし呆然としていた。

そして帰宅途中の電車の中で早く碧に会いたいと思っていた矢先に届いたのが、ふたつのメッセージだった。

【お疲れ様。無理しないでくださいね。合間にちゃんと食べてください】

【そのお見合いの件で、聞きたいことがあるから今から行きます】

珠希はそれぞれに返事を送ったあと、拓真の家に向かった。

拓真の家は、碧のマンションと同じ沿線の高級住宅地として有名なエリアにある。

今月入居したばかりの新築二階建ての低層マンションで、碧のマンション同様セキュリティ対策が万全の、人気物件だ。

「で、突然どうしたんだよ。碧さんは？　今日も宿直か？」

リビングに通されラグの上に腰を下ろした早々、珠希は拓真に問いかけられた。

「うん、気になる患者さんがいて帰れないって。あ、突然来ちゃってごめんね。家に帰ってもひとりだし、妙なことを聞いて気になったから」

珠希はひとまずそう言って、温かいお茶を淹れてくれた拓真の妻、麻耶《まや》に笑顔を向けた。

いつもふんわりとした優しい笑顔の麻耶は、和合製薬の研究所で働いている。

彼女はもともと珠希たちの母の部下で、その縁で拓真と知り合い結婚したのだが、ふたりは結婚三年が過ぎた今でもまるで新婚夫婦のように仲がいい。

そんなふたりの大切な時間を邪魔するのは気が引けたが、大宮との見合いについて聞かずにはいられなかったのだ。

「妙なことって？」

拓真はソファに座り、麻耶からお茶を受け取っている。

「お兄ちゃんの担当病院らしいから、知ってると思うけど。大宮病院の次の院長の大宮……臣吾さんだったかな。さっき偶然会ったの」

「ぐふっ……あちっ」

「え？　お兄ちゃんっ」

「きゃー、拓真さん、大丈夫ですか？　あ、これで拭いてください。やけどとかないですか？」

拓真は淹れたてのお茶を飲んだ途端豪快にむせ、激しく咳き込んでいる。手にしていた湯飲みからは大量のお茶がこぼれ、麻耶が慌てて拭いている。

「た、珠希、大丈夫だったか？　大宮さんになにかされたりしなかったか？」

顔を真っ赤にして咳き込みながらも、拓真は珠希を気にかけている。

大宮の名前を聞いた瞬間これだけ動揺し、真っ先に珠希の身を心配するとは。

これはなにかあるに違いないと、珠希は確信する。

「お兄ちゃん、大宮さんが私とのお見合いを持ち込んだけど断られたって言ってたけど、それって本当なの？」

「うわっ。直球だな」

「お兄ちゃん。知ってるんでしょう？」

「いや、それは……俺は知らないというか……そんな話はなかったかなーなんて」

視線を泳がせごまかそうとする拓真を、珠希はじっと見つめる。

「に、睨むなよ」

拓真はばつが悪そうに顔をしかめたあと、渋々うなずいた。

「たしかに、大宮さんから見合いの話が持ち込まれた」

これ以上ごまかせないと判断したのか、拓真は落ち着いた声で話し始めた。

「一カ月ほど前かな。だけど、父さんがすぐに断った」

「うん。それは正しいと思う」

いくら珠希が男性に慣れていなくても、恋人らしき女性を傍らに置きながら別の女性に見合いを持ちかける男性が、普通だとは思えない。

それに言葉使いや所作からは成熟した部分が感じられず、なにもかもが子どもっぽく見えて仕方がなかった。これまで会ったときにはそんな態度は見られなかったのだが、見合いを断られたせいで、取り繕うのをやめたのかもしれない。

「昔から、彼には悪い噂が多いんだ。だから見合いの話を受ける気はまったくなかったんだけど、なかなかあきらめてくれなくて、困ってたんだ」

拓真はうんざりしたように肩を落とし、ソファの背に身体を預けた。

「見合いを断った直後の新薬説明会にまで現れるしで、父さんも俺も、いざとなったら珠希をどこかに逃がすことも考えた」

「そこまで……？」

珠希は顔をしかめた。

心配のしすぎだと思いながらも、今日の大宮の様子から考えると、決して大げさではないような気がした。

「なあ、珠希」

「な、なに？」

拓真の声がワントーン下がり、部屋の空気が重苦しいものに変わる。珠希は姿勢を正した。

「初めに言っておくけど、和合製薬の経営状態に問題はない。妙な勘違いはさっさと捨てろ」


拓真の話は、珠希の予想を遥かに超えたものだった。

途中何度も問い返し、頭の中を整理し確認しながらの一時間は思いの外ハードで、終盤はなにを聞かされてももう驚くことはないと思うほどの内容だった。

ひと通り話を聞き終えたあと、珠希は休憩したいと言ってバルコニーに出た。

冷え切った空気の中で星空を見上げ、今聞いたばかりの話を順を追って整理した。

一カ月ほど前、珠希の父と面識がある大宮の親戚を通じて、見合いの話が持ち込まれた。

今年の夏頃、拓真と麻耶と三人で買い物を楽しむ珠希を見かけたのがきっかけで、大宮は珠希に好意を寄せるようになったという。

大宮の悪い噂を耳にしていた珠希の両親も拓真も受ける気はさらさらなく、その場ですぐに断った。

悪い噂の多くは女性問題で、内容については言葉にするのもためらうほどの呆れた行状ばかり。

それ以外にも医師としての資質を疑われるトラブルを起こしたことがあり、人としても医師としても信頼できず、珠希の結婚相手として考えられる要素はゼロだった。

ところが大宮はあきらめず、和合製薬の新薬説明会に押しかけてまで、珠希との見合いを求めた。

そこで珠希の父は、見合いを断るために『珠希には結婚を考えている相手がいる』とでまかせを口にした。それが大宮が言っていた〝見え透いた嘘〟だ。

いくつもの病院から医師や薬剤師が参加していたその説明会には、白石病院からは碧が、そして宗崎病院からは院長である碧の父も来ていた。

大宮にはああ言ったものの、実は珠希には恋人すらいないことがばれると困ったことになるというふたりの会話を碧の父がたまたま耳にし、説明会終了後に声をかけてきたそうだ。

『もしも娘さんに結婚を考えている相手がいらっしゃらなければ、うちの息子はいかがですか？　仕事ばかりで結婚する気配もなくて困ってるんですよ』

父と拓真は冗談だろうと思ったが、碧の父はやけに熱心だった。

碧の父は、以前から和合製薬の経営理念を支持し、若い頃MRとして宗崎病院を担当していた珠希の父のことも信頼していた。

それが碧との見合いをセッティングしたいと考えた理由だ。

碧は腕のいい脳外科医と知られていて、珠希の父も拓真も碧であれば珠希の相手として文句はないが、碧本人が了承しないだろうと考えた。ところが。

『私が珠希さんを守ってみせます』

碧の力強い言葉で風向きが変わり、珠希と碧の見合いが決まった――。

「こんな感じで理解したけど、間違ってないよね？」

バルコニーで頭の中を整理した珠希は、部屋に戻って自分が理解した内容をかいつまんで拓真に説明し、誤解がないか確認した。

「ああ。間違ってない。あと、ひとつ加えておくなら大宮さんがなにかしでかさないうちに婚姻届の提出を済ませたいって碧さんが言ってくれて、あっという間の結婚だ」

「……わかった」

碧がそこまで熱心に珠希との結婚を考えていたことに加え、次々出てくる事実に驚いてばかりだ。

「でも、どうしてなにも言ってくれなかったの？　大宮さんとのお見合いの話くらい、言ってくれてもよかったと思うけど」

もしも知っていれば、自身でも大宮に見合いや結婚の意思はないと伝えることができたはずで、なにより和合製薬の経営状況を誤解して悩むこともなかったのだ。

拓真は苦笑し、「わかってないな」と肩をすくめる。

「珠希のためだよ。今まで男性との付き合いがなかった珠希が、大宮さんみたいなタイプに太刀打ちできるわけがない。珠希が結婚したとなれば大宮さんもあきらめるはずだからわざわざ珠希を不安にさせる必要はないし、知らせなくていいだろうって、碧さんが言ってくれたんだよ」

「そんな……だったらうちの会社と宗崎病院の縁を深めたいから結婚してほしいって言ったのも嘘？　うちの会社、業績が悪いわけじゃないならその必要はないよね」

「……ごめん。まったくの嘘。そうでも言わなきゃ奥手の珠希が見合いをするとは思えなかったからなんだ」

「奥手って……間違ってないけど。あ、今日大宮さんに結婚したって言ったらかなり怒って、和合製薬との関係を考え直すって言われたんだけど……私のせいで、ごめんなさい」

重要なことを思い出し、珠希は顔色を変える。

「やっぱりそうきたか。まあ、それはそれで仕方ない。最終的に決めるのは先方だけど、もともとそれは織り込み済み。うちは病院ひとつの売り上げで揺らぐような仕事はしてないから大丈夫」

「だったらよかった……」

拓真のすっきりした表情に、珠希の全身から力が抜けていく。

「でも私、今回こそは家族のために頑張れるって……少しは役に立てるって思ってて」

本当なら自分ではなく拓真が音楽の世界に残るべきだったのだ。音楽会の至宝とまで言われた拓真の才能を潰し、好きというだけで才能のない自分が音楽を続けていることに、珠希はいつも引け目を感じていた。

「今回ようやく家の一大事に役に立てると思って、碧さんと結婚したのに。結局、誰の役にも立てなかったってこと?」

「違う。役に立つとか立たないっていう話じゃないだろ」

「でも。私はお兄ちゃんを犠牲にして音楽を続けてるから、いつか恩返ししなきゃって思ってて」

「それを言うなら俺の方が珠希を犠牲にしたってことだ」

「……え？　どういうこと？」

突然声を荒らげた拓真に、珠希は困惑する。

「ごめん。俺は自分がそうしたくてピアノから離れて会社に入ったんだ。というより、ずっとそのつもりでタイミングをうかがっていたんだ。珠希に社長は向いてないなんて言ったけど、そんなのあとづけの言い訳だ」

「え……？　でも、お兄ちゃんはあれだけピアノが上手で才能もあったし――」

「コンクールに出場すれば優勝して、ＣＤを出したら大ヒット。おまけに見た目はこんなだから女性ファンも多くてコンサートはいつも満員御礼」

珠希の言葉に被《かぶ》せて、拓真が投げやりな口調で続きを口にする。

「う、うん。たしかにその通りだけど。その自覚があるのに、どうしてピアニストの道に進まなかったの？　会社なら私が継いでもいいって父さんも母さんも言ってたでしょ？」

「だから焦ってたのよね」

「……麻耶さん?」

　それまで拓真の隣で珠希たちの話に静かに耳を傾けていた麻耶が、突然口を開いた。

「拓真さんは、もともとピアノにそれほど執着してなかったの。どちらかといえば、お父様のような、とことん真面目な経営者になりたかったのよ」

「……そうなの?」

　珠希の問いに、拓真は「そうだよ」とあっさり答える。

「今も昔も、父さんみたいに綺麗事上等でとことんまっとうな仕事をする経営者になりたいんだ。父さんも母さんも、後を継ぐのは俺でも珠希でもいいって言ってたから、ちょっと急いだ。あまりにもピアノの才能を発揮しすぎてあのままだと後戻りできそうになかったからな。ギリギリのところでやめておいた」

「……なんだかお兄ちゃんが嫌な人に見えてきた」

　才能を発揮しすぎるとかギリギリのところでやめたとか、印象が悪すぎる。

「まあ、そうだよな。だけど、ピアノの才能があるからって、全員が全員ピアノを弾きたいわけじゃない。俺がそうなんだから、珠希が引け目を感じる必要はないんだ。逆に、珠希が社長になるチャンスを俺が奪ったんだからな。引け目を感じるべきは俺の方だ」

「……そう、なのかな」

あまりにも想定外の話に、珠希は理解が追いつかない。

ピアニストを目指す大多数が、今も和合拓真を目標にしてレッスンに励んでいるというのに。本人は、その才能に未練など持たず、別の道に進んでいる。

それこそ本来自分が望んでいる道に。

「それに、珠希は音楽が好きだろ？　やめようと思ったことはないよな」

「うん……それはないかな。音楽って楽しいから」

その思いを子どもたちに伝えたくて、珠希は今の仕事を続けている。

「珠希のその気持ちに、碧さんはすぐに気づいたみたいだな。そうでなきゃ家にわざわざ防音室を作ったり、最上位のグレードのエレクトーンをプレゼントしたりしないだろ」

「え、誰から聞いたの？」

そのことは、まだ誰にも話していない。そのうち自宅に家族を招いたときにでも自慢しようと考えていたのだ。

「この間、会社の近くで河井さんにばったり会って教えてもらったんだよ。碧さんが珠希を大切にしているのが丸わかりで、河井さんの方が照れくさかったって笑ってた」

「……うん。すごく大切にしてくれる」

「珠希も、彼を大切にしてやれよ。毎日人の命を預かっていて気が抜けないんだから、せめて病院を離れたら気が休めるように、な」

立場は違うが、製薬会社という人の命に直結する職場で働く拓真には、医師の思いが少なからず理解できるのだろう。軽い口調で言っているが、その目は真剣だ。

珠希は拓真の隣で変わらず穏やかに笑っている麻耶を見た。

誰に対してもいつもフラットで優しく、穏やか。そして次期社長という重責を背負っている拓真を愛情深く支えている麻耶は、珠希の憧れでもある。

「わかった。お兄ちゃんにとっての麻耶さんを目指して、精進することにする」

珠希の言葉にうれしそうに顔を見合わせるふたりを見ていると、碧に会いたくてたまらなくなる。

「珠希、どうした？　まさか碧さんに会いたくなったか？」

「え、ど、どうしてわかったの？　まさか顔に出てた？」

図星を指され、珠希は顔を赤くしうろたえた。

「えっと、その。お兄ちゃんたちを見てたら、ちょっとだけ」

照れて視線を泳がせている珠希を、拓真と麻耶はクスクス笑い見守っている。

「碧さんもきっと、珠希ちゃんに会いたいって思ってるんじゃない？　ううん、絶対思ってる」

麻耶の言葉に、珠希はさらに顔を赤くする。

「そうかな」

期待混じりの小さな声に、拓真と麻耶は揃って「絶対そう」と声をあげた。

「彼が今まで珠希のためにしてくれたことを考えてみろ。珠希と一緒にいたくて仕方がないってバレバレだ。よかったな、初恋の相手に大切にしてもらえて」

「初恋」

珠希はぼんやりつぶやいた。

「気づいてなかったのか？」

「ううん。初恋に右往左往していることもわかってるし、碧さんを愛してる自覚もあるけど。改めて言葉にすると、なんだかドキドキする。初恋か……」

珠希はその言葉を口の中で繰り返すたび、心に馴染んでいくのを感じた。碧の想いを知らされ、彼への愛情をセーブしていたガードが外れてしまったのかもしれない。

「え、なに？」

気づけば部屋が静まり返っていて、拓真と麻耶がにやにやしながら珠希を見ていた。

きょとんと首を傾げる珠希に、ふたりはぶんぶんと首を横に振る。

「碧さんがすぐにでも結婚したいって言い出した理由が、わかった気がする。珠希ちゃん、かわいすぎるのよ」

麻耶の言葉に拓真も大きくうなずいた。

「どうかした？」


その晩珠希がタクシーで自宅に戻ったとき、深夜一時を過ぎていた。

拓真と麻耶からは泊まっていくようにと言われたが、ここ数時間で得た情報量があまりにも多すぎて落ち着かず、ひとりになりたかったのだ。

それになにより碧の帰りを家で待ちたかった。

帰宅してすぐに入浴を済ませた珠希は、碧とお揃いのシルクのパジャマに袖を通して、ようやく人心地つく。

けれど、あれだけの事実を知らされて昂ぶってしまった感情は一向に鎮まらず、夜明けまで数時間しかないというのに、目が冴《さ》えて眠れそうにない。

珠希は眠るのをあきらめ、リビングのソファに腰を下ろした。

帰り際に麻耶が持たせてくれたハーブティーを淹れて味わっているうちに、気持ちが落ち着いてくる。

目を閉じると、浮かんでくるのは碧の顔ばかりだ。

「会いたいな……」

珠希の知らないところで大宮が強引に見合いの話を進めようとしていたと聞いたときには不安を覚えたが、その裏で碧が珠希との見合いを申し出て、さっさと結婚にまで持ち込んでくれたことがあまりにもうれしくて、大宮のことは今やどうでもよくなっている。和合製薬との関係を考え直すと言っていたのも、今思えば珠希との見合いをあきらめなければならない悔しさから出た、捨て台詞のようなものだろう。

きっともう、珠希の前には現れない。

もし現れたとしても、碧がきっと守ってくれる。

〝私が珠希さんを守ってみせます〟

すべてを知った今、珠希にはそう思える自信が生まれていた。

どこからか聞こえる、ぴちゃぴちゃと濡れた音に珠希の意識が呼び戻されていく。

「……んっ」

「逃げるな。こっち向いて、珠希」

そして、耳元に会いたくてたまらない人の声が聞こえる。

「ああ……っ」

「ここ、気持ちよさそうだぞ」

「そこ、やだ……あ、碧さんっ……ああ……っ」

身体の芯を突き抜ける快感に襲われて、大声をあげたと同時に珠希は目を開いた。

「はあ……っ。あ、碧さん、ですか？」

浅い呼吸の合間に、胸の先を舌先で弄んでいる碧に向かって声を絞り出す。

「俺以外の誰が珠希を抱くんだよっ」

「ち、ちがっ……ああっ」

荒々しい声が返ってくると同時に胸に鋭い痛みが走り、珠希は身体をのけ反らせた。

「ど、どうして……？　碧さん……？」

「は？　妻を抱いてなにが悪い。いいから感じてろ」

「んっ」

いつもの碧とはまるで違う荒々しい言葉にドキリとした瞬間、脚の間に碧自身があてがわれた。いつの間にほどよく濡らされていたのか、熱が動くたびに湿り気を帯びた音が部屋に響き、濃密な空気が広がっていく。

「ここ……ベッド？」

「ああ。珠希がいつも俺に抱かれてるベッドだ……くっ」

「あっ……んっ……い、いつの間に……だって私」

たしかソファでハーブティーを飲んでいたはずだ。家に戻ってきてからも気持ちが落ち着かなくて、碧に会いたいと頭の中でぐるぐる繰り返していたはずなのに、どうしてこんなことになっているのか、わからない。

「俺がここまで運んだんだよ。俺を待つならベッドで待ってろ。珠希、こっち向け」

顎を掴まれ、強引に碧と目を合わされる。

「俺だけを見てろ。絶対に俺のそばにいろよ。どこにも行くな」

碧は顔を歪め、声を絞り出す。

「碧さん……？」

碧の顔も声も、ひどく苦しげで泣いているように見える。

それに、いつも珠希を抱くときに見せる余裕が、かけらもない。

「な、なにかあったんですか……ああっ」

それまで脚の間の敏感な部分を滑っていた碧自身が一気に珠希の身体を押し開いた。

「いやあっ……だめっ、む、むり……やっ、あぁっ」

珠希は身体の最奥に埋められた碧の熱がゆるゆると動くのを感じ、甘く啼《な》いた。

碧に何度も抱かれて快感を教え込まれた身体は素直で、無理だと口にしながらも脚が大きく開いていくのを我慢できない。

「上出来」

色香に満ちた声とともに、碧の腰が激しく前後する。ひどく淫《みだ》らな音が部屋に響き、珠希の身体が赤く染まっていく。

「珠希っ」

唇が重なり合う。息苦しさに珠希が顔を背けようとしても、さらに強引に押しつけられた唇が、珠希の吐息を吸い取っていく。

「あっ、……んっ」

「ここだよな」

碧は深く熱いキスをしながらさらに腰の動きを速め、珠希の感じる場所を執拗に攻め続けている。

とっくに碧によって探り出されたある一点に固い熱が触れるたび、珠希の背筋から脳天に甘美な痺《しび》れが走る。

「いやっ。いやっ。そこはもうむりっ」

「気持ちいくせに」

頭を左右に振り乱し必死で快感を逃がそうとする珠希に、碧は容赦《ようしゃ》なく自身を打ちつける。しつこく追い詰めるような激しい動きに、珠希は声をあげながら涙を流す。初めて知る碧の激しさから逃げ出したくなるが、やがて自らも胸を差し出し新たな刺激を欲している。

碧に変えられてしまった、そんな淫らな身体が恥ずかしくてたまらない。そして愛おしい。

碧の額から落ちる汗が、珠希の胸の先端に落ちる。

「ふ……んっ」

そのわずかな刺激にすら声を我慢できないほど珠希の身体は敏感になり、碧の動きに合わせて腰を揺らし始めている。

「俺を見ろ」

真上から落ちてくる情欲が滲《にじ》む声に、珠希は力を振り絞り閉じていたまぶたを開く。

「一生俺から離れるなよ、いいなっ」

「は、はい……あぁっ」

珠希の全身はかあっと熱を帯び、このまま燃え尽きてしまいそうな感覚に怖くなる。

「いい声。いつまでも聞いていられそうだな。この声を聞くのは俺だけだ……」

碧の艶のある声に身体を震わせた瞬間。

「いやあっ……」

身体の深部に途方もない刺激が走り、珠希は全身を硬直させた。

くぐもった碧の声が珠希の鼓膜を揺らしたと同時に、下腹部に熱い熱が広がっていく。

「はあ、はあ……あおいさん……？」

浅い呼吸に合わせて激しく上下する身体は甘い匂いを放ち、上を向いた胸の先は赤く色づいている。

まるで果実のように変化した珠希の身体を、碧は目を細め、真上から眺めている。

「この身体は俺のものだ。わかってるな」

満足げにつぶやく碧の声を、珠希は落ちていく意識の向こう側で聞いていた。


珠希が目を覚ましたとき、ベッドに碧の姿はなかった。

もぞもぞと毛布の間から顔を出して時計を見ると、ちょうど八時を過ぎたばかりだった。

「碧さん？」

今日も仕事なのだろうかと考えながらベッドから床に脚を下ろした。

「きゃっ」

脚に力が入らずよろけてしまい、珠希はカーペットの上に勢いよく倒れてしまった。

「うそ……なんで」

ほぼ大の字に倒れたまま、珠希は目を白黒させる。

「碧さんのせいだ」

昨夜碧に激しく抱かれたせいで脚も腰もぼろぼろだ。他にも体中に筋肉痛に似た痛みが広がっていて、わずかに身体を動かすのも億劫《おっくう》でどうしようもない。

それにしてもと、珠希は腕に残る赤い華を眺めた。

昨夜の碧の抱き方は今までになく強引で、別人のように激しかった。珠希の身体を乱暴に押しつけるだけでなく、逃がさないとばかりに何度も貫き、珠希を抱き潰した。

「なにかあったのかな……」

赤い華を指先でなぞりながら、珠希は全身に残る快楽の余韻を感じていた。

「今、すごい音が聞こえたけど？」

珠希が倒れた音を聞きつけて、碧が部屋に飛び込んできた。

「……え、珠希、そんなに寝相が悪かった？」

ベッドの下で大の字で倒れている珠希に、碧は目を丸くしている。

「誰のせいですか。昨夜碧さんが加減してくれなかったから、立てないんです」

珠希はそう言って、真っ赤な顔をぷいっと背けた。

「加減できなかったのは誰のせいだろうな」

くっくと笑いながら、碧は珠希の傍らにしゃがみ込む。

「誰かさんがかわいい寝顔で俺を誘うから、我慢できなかったんだよ」

「さ、誘ってなんかいません。ソファでお茶を飲んでたらいつの間にか眠っていたみたいで。起きたら碧さんが私の上に乗ってて。あ、あ、いいんです、もうそのことは」

まだ寝ぼけているのか、珠希は思わず口にした言葉に慌て、ごろりと身体を反転させて碧に背を向けた。

「俺が上に乗って、どうした？」

碧のからかう声に、珠希は膝を抱えて首をぶんぶんと横に振る。

「いいんです、もう、そのことは忘れて――んっ」

碧の指が珠希の背中をつーっと撫でている。突然の刺激に珠希は身を震わせ、鼻にかかる声をあげた。

夜の艶事《つやごと》を思い出すその声に、珠希は恥ずかしすぎて絶望的な気持ちになる。

「思い出した？　昨夜珠希がどんなふうに俺に抱かれたか」

「い、意地悪言わないでください。もう、忘れました。全然覚えてません」

「へえ。かなり気持ちよさそうだったけどな。俺がどれだけ激しくしてもちゃんとついてきて偉かったのに。そっか、忘れたならまた教え込まないといけないかな」

くすくす笑う珠希の声を背中で聞きながら、珠希は羞恥《しゅうち》に身もだえる。

碧に言われたことなら身体のあちこちが覚えている。自分がどれだけ乱れ、声をあげていたか。自ら腰を揺らしていた記憶もちゃんと残っている。

「もう、やだ」

珠希は泣きそうな気持ちになりながら、さらに膝を抱き寄せ身体を小さくした。

「まあ、俺にも責任があるから、仕方ないな」

碧のおもしろがる声が聞こえたと思うと。

「えっ？」

珠希は碧に抱き上げられていた。

「ちょ、ちょっと、あの」

「暴れるな。落ちるぞ」

碧は傍らのベッドに腰を下ろし、珠希を膝の上で横抱きにする。

「昨夜はどうしても自分を抑えられなかった。驚いただろう？」

碧は珠希の顎をすくい上げ、軽く口づけた。昨夜の激しい交わりの名残ひとつない淡い刺激。

「ごめんな」

そう言いつつも満ち足りた笑みを浮かべる碧に、珠希の胸が騒ぐ。脚が立たないほど抱き潰されたというのに、碧の体温に触れるだけで再び同じ激しさを求めてしまいそうになる。

「昨夜は、抱きしめるだけのつもりで帰ってきたんだけどな」

くぐもった声を耳にしたと同時に腰に手が回され、碧の胸に抱き込まれた。

「碧さん？」

突然碧の胸に身体を押しつけられ、珠希はもぞもぞと顔を上げる。

「不安だろうと思って急いで帰ってきたら、すやすや眠ってるんだ。その顔があまりにもかわいくて、抱かずにはいられなかったんだよ」

「不安って、私が、ですか？」

珠希は眉を寄せる。昨夜は拓真から聞かされた碧との結婚の裏事情を思い返しているうちに眠ってしまったはずだ。

〝私が珠希さんを守ってみせます〟

直前まで何度も思い返していたこの言葉に心は安らいで、それこそ碧に抱きしめられているような感覚の中、眠りに落ちた気がする。

「不安なんて、感じてなかったんですけど？　碧さんが私を守るって言ってくれたと聞いたから……あ、それは、その」

事情を聞いたことを碧は知らないはずだと思い出し、珠希は慌てて口を閉じる。

するると碧は珠希の頬を手の甲でさらりと撫でた。

「拓真さんから聞いたんだろう？　もちろん、珠希のことは俺が守るよ。この先もずっとな……とくに、あの男からは絶対に」

碧はそれまでの明るい表情を消し、不機嫌な声でつぶやいた。

「大宮病院の問題児。あいつが珠希に接触したって拓真さんから聞いて、昨夜は冷静じゃいられなかった。悪い」

「お兄ちゃんから？」

「ああ。珠希が思っている以上に、あの人、珠希を心配してる。様子を気にかけてやってくれって俺に電話してきた」

「そうなんですか……」

　碧と拓真が連絡を取り合っていたのは知っていたが、まさか早々に大宮の件を伝えていたとは思わなかった。

「ちょうど仕事が終わったときに電話をもらって慌てて帰ってきたら、惚れてる女が幸せそうな顔をして眠ってるんだ。抱きしめるだけなんて無理だって、すぐにあきらめた」

「あ、あの……」

　次第に昂ぶる碧の声を、珠希はぽかんと聞いている。

「大宮への嫉妬もあるし、抑えられなかった」

　はあっと大きなため息を吐き、碧は珠希を抱きしめる。

「……嫉妬……惚れてる……？」

　背中を上下する碧の手の温もりを感じながら、珠希はぼんやりつぶやいた。

「ああ。あの男のいない場所に珠希を閉じ込めておきたいくらい、嫉妬してる。惚れてる女が他の男に言い寄られてそう思わない男はいないだろ」

「あ……」

　肩口で碧のくぐもった声を受け止め、珠希の全身から力が抜けていく。

昨夜拓真から結婚の裏事情について知らされ、碧から大切にされていることは自覚したが、ここまで想われている自信はなかったのだ。

けれど今、碧の口から直接〝惚れてる〟という言葉を聞いて、珠希の身体は歓喜に震え、碧の想いの強さに目眩すら覚えている。

まるで夢の中にいるようだ。珠希は思わず碧の身体にしがみついた。

「夢ならもうしばらくこのままがいい」

「なに言ってるんだよ。俺が珠希に惚れてるのも、病院のホールで演奏をしている珠希にひと目惚れしたのも夢じゃない。現実だ」

碧はしがみつく珠希の身体をゆっくりと引き離し、互いの視線を合わせた。

「なんのために俺があの日わざわざ珠希の名刺をもう一枚もらってまで連絡先を教えたと思う？」

「それは、遥香ちゃんのことで」

「それは表向きの理由。本音は珠希からの連絡が欲しかったからだ」

珠希の耳元に、まるで吐き出さずにはいられないかのような甘い吐息が落とされた。

「私から……あ、そういえば」

〝連絡先を渡してもメッセージひとつこないから、気になってたし〟

見合いのあと、碧はたしかそう言っていた。その言葉に疑問を抱いてはいたが、あのときは緊張していたうえに、紗雪と顔を合わせたのもあってそれどころじゃなかったのだ。

「思い出した？　まあ、珠希から連絡がなければこっちから電話を入れるつもりでいたけどな」

碧は珠希の瞳をまっすぐ見つめ、頬にかかる髪を優しく後ろに梳《す》く。その指先から碧の熱が伝わってくる。

「そんなときに大宮の件を知ったんだ。俺以外の男に珠希を渡したくなくて、その場で珠希のお父さんと拓真さんに結婚したいと申し出た」

碧はひと息にそう言うと、ホッとしたように息を吐き出し再び珠希の身体を胸に引き寄せた。

「それが〝珠希さんを守ってみせます〟ってこと……？」

「ああ。珠希を大宮から守るのが大前提だけど、珠希に音楽を存分に楽しんでほしい気持ちも強かった。それほど、ホールで演奏している珠希は、綺麗だったんだ。ただ、父の方が先に話を持ちかけたのには驚いたけどな」

碧は軽くそう言って、肩をすくめる。

「実は、父は拓真さんのファンで何度かコンサートにも足を運んでいたんだ。そのときに家族と一緒に来ていた珠希を見かけて、素敵なお嬢さんだと記憶に残っていたらしい」

そのときのことを思い出したのか、碧は肩を揺らして笑っている。

「そのうえ俺は、両親からのプレッシャーや珠希が和合製薬の経営状況を誤解してることを利用してまで結婚に持ち込んだ。珠希を手に入れたくて必死だったんだ」

「ひ、必死って、そんな……」

堰を切ったように始まった種明かしに、珠希は言葉を失った。碧の愛情の深さを思い知らされ、胸がいっぱいになる。

「なあ、あの日ホールで珠希を見た瞬間に運命的なものを感じたって言ったら信じるか？」

碧は照れくささを隠すように、さらに強く珠希を抱きしめる。その力強さに、珠希は軽く咳き込んだ。

「ううん。笑うわけない。だって、私も同じだから」

珠希は呼吸が整うのを待ちきれずに感極まった声で答えると、自らも碧の身体をぎゅっと抱きしめた。

だとしたら、この結婚は裏事情だらけの政略結婚ではないということだろうか。

いずれ碧を解放するために離婚をする必要もないということだろうか。

心の中に、そんな期待混じりの感情が次々と湧き上がってくる。

珠希はどうにか気持ちを落ち着け、頭の中を整理しながらゆっくりと口を開いた。

「私も、初めて会ったときから碧さんに惹かれていたんだと思う。あの日の晩、碧さんが連絡先を書いてくれた名刺を眺めてドキドキしてたし、ずっと持ち歩いていたから。結局、電話する勇気はなかったけど……」

恋愛経験ゼロというハンディは思っていた以上に大きくて、連絡先を手に入れたとはいえ、自分から連絡を取る勇気は持てなかった。

「珠希」

碧はゆっくりと身体を起こすと、両手で珠希の頬を包み込んだ。

「ひと目惚れとか運命とか、薄っぺらい言葉ばかり並べてるけど、信じてほしい。俺が一生守ってみせるし、一生愛し続ける」

互いの額を合わせ、碧は力強い声で明言する。一点の迷いも感じられないきっぱりとした声に、珠希は大きくうなずいた。

同時に、この結婚はお互いへの愛情によって成立しているのだと、確信する。

もう、離婚前提の結婚だと自分に言い聞かせ、碧への愛を無理にセーブしなくてもいいのだ。

そう気づいた珠希の顔が、ぱあっとほころんでいく。

「わ……私も、碧さんのことを守ります。それに、一生愛します」

込み上げる想いに促され、珠希は自ら碧の唇に自身のそれを重ねた。

「んっ……」

突然のことに驚き、碧は一瞬目を見開いた。珠希からの積極的な愛情表現には慣れていないのだ。

「す、好きなんです」

珠希はぎこちない動きで唇を押しつける。

その仕草の愛らしさに、碧は目尻を下げる。

「だったら……昨夜なんて目じゃないくらいに愛させろ」

碧は素早い動きで珠希をベッドに押し倒した。

「え？」

ベッドの上で大きく身体がバウンドする。碧の腕の中で珠希は目を白黒させた。

「その気にさせたのは珠希だから、文句は受け付けない」

碧はそう言うが早いか珠希に覆い被さり、昨夜以上の熱量で珠希を愛し始めた。

「珠希が好きなフレンチトースト、作ってあるから」

その後、碧は珠希をお姫様抱っこしダイニングに向かいながら、にっこり笑う。

朝から再び珠希を抱き潰したにもかかわらず、その声には張りがあり、ひどく満足そうだ。表情もすっきりしていて疲れなどまるで見えない。

「本当ですか？　碧さんが作るフレンチトースト大好きなんです」

一方、さすがに珠希の身体は疲れ切っていて、碧の言葉に力ない笑顔で答えた。それでもフレンチトーストと聞いて、頬に赤みが戻ってくる。

もともと料理に慣れている碧は時間を見つけてキッチンに立つのだが、なかでもフレンチトーストは絶品で、流行りのカフェで食べるよりおいしいのだ。

「お腹が空いてるのでいくつでも食べられそうです」

「あれだけ動いてあれだけ声を出したら、お腹も空くし、喉も渇くだろ」

そう言って喉の奥で笑う碧の背中を、珠希はゲンコツでポンと叩く。

「悪い悪い。俺のせいだよな。お詫びに珠希が好きなレモネードも作ってるから」

「……レモネード」

珠希の身体がピクリと反応する。

「珠希は酸っぱいのが苦手だから、蜂蜜《はちみつ》を多めに入れておいた。だから早く機嫌を直せよ」

「……碧さん、ずるい」

ベッドの中でも外でも、碧に勝てる気がしない。

珠希は碧の首にぎゅっとしがみつき、「すっかりご機嫌です」と甘えた。

その後、ふたりでフレンチトーストに舌鼓《したつづみ》を打っているとリビングからスマホの着信音が聞こえてきた。それも立て続けに二台、珠希と碧、それぞれのスマホが鳴っている。

食事を中断し珠希が慌ててスマホを手に取ると、【白石病院　小田原】と表示されている。

小田原は、いよいよ来週に迫った白石病院のクリスマスイベントのスタッフだ。

珠希は急いで電話に出た。

「もしもし、おはようございます。宗崎です」

『あ、おはようございます。白石病院の小田原です。朝から申し訳ありません。あ、あの』

「小田原さん？　どうかされましたか？」

電話越しにも慌てているとわかる小田原の声に、珠希は戸惑った。

『あ、あのですね、今こちらにいらっしゃるんですけど、ちょっと驚いてしまって』

耳を澄《す》ませば小田原の声は震えている。

「小田原さん？　なにかあったんですか？　あの、大丈夫ですか？」

なにか事故でもあったのだろうかと、珠希は声を張り上げた。

『わ、和合拓真さんが、クリスマスイベントに参加させてほしいと、ピ、ピアノを弾かせてほしいと言って、今いらっしゃってます』

小田原の興奮している声に、珠希の目が点になる。

「和合拓真……って、え、お兄ちゃん？」

珠希はスマホを両手で握りしめ、大声で叫んだ。

「あ、あの、お兄ちゃん、じゃない、兄がどうして」

珠希はスマホを耳に当てたまま、呆然と立ち尽くす。

和合製薬に入社して以来ピアノから離れていたはずの拓真が、なぜ今になって弾こうとしているのだろう。昨夜はピアニストになるよりも父のように実直な経営者になりたいと言い切っていた。なのにどうしてと、珠希はひどく混乱する。

『あ、珠希おはよう。昨夜はあれからちゃんと眠れた？』

いきなり聞こえた拓真の声に、珠希はスマホを握り直した。

「お兄ちゃん？　ピアノを弾きたいって本当なの？」

『そうなんだ。今朝仕事で白石病院に来たら、告知のポスターを見かけてさ。珠希の名前があったから一緒に弾こうと思いついたんだ。俺がピアノで、珠希はエレクトーン。高校生の合唱部も参加するみたいだし、一緒に演奏したら楽しそうだろ』

「だろって……」

あっけらかんとした拓真の声に、珠希はがっくり肩を落とす。

思えば拓真は昔からこうだった。王子様のような見た目と人当たりのよさを武器にして、自身の思いつきや勢いに周囲を巻き込み実行していくのだ。

『プログラムの変更とかあるみたいだから、今から来てほしいんだけど。なるべく早く頼む。じゃあ、あとで』

「え、お兄ちゃん？　今から来いって、なに？　え、切れてるし」

珠希はすでに通話が途切れたスマホを力なく見つめた。

「拓真さんがどうかしたのか？」

振り返ると、スマホを手に碧が怪訝そうな顔で珠希を見ている。

「お兄ちゃんが……あ、いえ、それより、碧さんのスマホも鳴ってましたよね。病院からの呼び出しですか？」

拓真のことで忘れていたが、碧のスマホも同じタイミングで鳴っていた。

「容態が気になる患者さんの連絡。今日は笹原先生がいるから心配ないんだけど、悪い、行ってくる」

すでに気持ちは患者に向かっているのだろう、今の碧にさっきまで珠希に甘い言葉をかけていた名残はどこにもない。ラフなトレーナー姿なのに、まるで白衣を着ているような錯覚さえ覚える。

「帰りは何時になるかわからないから、戸締まりには気をつけろよ」

そう言って着替えに向かう碧の背中に、珠希は慌てて声をかけた。

「私も今から白石病院に行くので、一緒に行ってもいいですか？」


白石病院は土曜日もほとんどの診療科が午後からも外来を受け付けていて、一階の受付はかなり混んでいた。

珠希は急遽決まった打ち合わせを終えて、拓真とふたり一階に降りてきた。

「じゃあ、俺は帰るけど、送っていこうか?」

拓真は車のキーを目の前で揺らしている。

「ううん、もう少し碧さんを待ってみるから大丈夫」

珠希は今日新しく配られたプログラムをバッグにしまいながら、にっこり笑って答えた。

「はいはい、新婚さんのいい笑顔、ごちそう様。今日はせっかくの休みなのに呼び出して悪かったな」

「ううん。結局碧さんも呼び出しで病院に来てるから気にしないで。それよりお兄ちゃんとまた一緒にステージに立てるのがうれしくて。電話をもらったときは急になに言ってるんだってびっくりしたけど。今はすごくわくわくしてる」

今日一番の笑顔を見せる珠希に、拓真も珍しく照れている。ほんのり耳を赤く染め、束の間視線を泳がせる。

「ふふっ。やっぱりお兄ちゃんの演奏、大好き」

打ち合わせの前に、リハーサルを兼ねて拓真と演奏したのだが、現役時代と変わらない音色がホールに響き、珠希だけでなく、その場にいたスタッフの誰もが圧倒されていた。力強さと繊細さを兼ね備えた和合拓真の音は、健在だった。

「でも、わかっちゃった。お兄ちゃんずっとピアノを弾いていたでしょ。そうじゃなきゃあれほどの音、出せないもん」

「まあな。プロとして続けるつもりはないけど、ピアノを弾くのは楽しいし。だって俺、才能と実力が有り余ってるから」

わざとらしく胸を張る拓真に、珠希は肩を震わせ笑う。

「そういうところも変わってない。じゃあ、本番も昔みたいな王子様仕様の和合拓真を期待してる」

「了解。麻耶も楽しみにしてるから、王子様が降臨するのを期待してろ」

拓真はそう言って手を振り、立ち去った。

「あーあ。大騒ぎになるんだろうな」

いまや伝説とも言われている和合拓真の数年ぶりのステージだ。イベントのあとしばらくの間は騒がしい日が続くのだろう。珠希にもマスコミのマイクが向けられるかもしれない。

それでも、珠希が音楽を続けるうえでの目標でもあった、和合拓真との競演。

久しぶりに湧き上がる高揚感で、体中が熱くなっている。

「拓真君、イベントに参加してくれるんだってね」

ふと傍らから聞こえた声に顔を向けると、拓真の背中を見送る笹原が立っていた。

「笹原先生。こんにちは。あの、今のは……」

拓真の出演について病院関係者のどこまでが知っているのかがわからず、珠希は口ごもる。今日の打ち合わせで、拓真はシークレットゲストとして登場することが決まり、箝口令《かんこうれい》が敷かれているのだ。

「心配いらないよ。今朝拓真君から相談されて、背中を押したのは僕だからね」

笹原はあっさりそう言って、朗らかに笑う。

「笹原先生が、ですか?」

「そうだよ。告知のポスターを見ながら悩んでいたから、ちょっとアドバイスをね。ピアノが超絶得意な製薬会社の次期社長っておもしろいし、せっかくの腕前なんだから、たまには見せびらかしたら?って言ったら、にやりと笑ってたよ」

いたずら好きの子どものように口角を上げた笹原に珠希も同意する。

「笹原先生、兄の性格をよくわかってますね。でも、ありがとうございます。私も当日、兄に負けないように頑張ります」

「いよいよだね。あ、そういえば、珠希さんに預かってるものがあるんだ。宗崎に渡すつもりでいたけど、せっかく会えたし、病棟まで一緒に来てもらえる? あ、ナンパじゃないから安心して。宗崎に睨まれるのは、もうこりごりだよ」

大げさに顔をしかめる笹原に、珠希はこらえきれず大声で笑った。

笹原のあとに続いてエレベーターに乗り込んだものの、珠希はひどく緊張していた。

ずっと白石病院に来ることさえ避けていたのに、脳外科病棟という祖父が亡くなった場所に足を踏み入れたとき、自分が平気でいられるのか自信がないのだ。

改築を経て、病院全体の雰囲気は大きく変わっているが、病棟の中がどうなっているのかわからず、不安でたまらない。

珠希は階数表示を睨みつけ、深呼吸を繰り返す。

「脳外科は、五年前と同じ八階西病棟なんだよ。あ、宗崎から聞いてるかな」

「いいえ、とくに聞いてません」

笹原の言葉に珠希は絶望的な気持ちになる。

「大丈夫だよ」

「……はい」

励ましの言葉をかけられ、笹原が珠希の緊張を察しているのだと気づく。医師としての経験値の高さかもしれない。

珠希はわずかに気持ちが落ち着くのを感じた。

やがて軽快な音とともにエレベーターが八階に着き、ゆっくりと扉が開いた。

「あ……。変わってない」

扉が開いて真っ先に目に飛び込んできた絵には、見覚えがある。以前ここに入院し、その後大成した画家の作品だ。太陽を浴びてうれしそうに笑う動物たちが生き生きと描かれていて、当時はここに来るたび眺めていた。

珠希はすぐさま駆け寄り、絵の中の動物たちを眺めて回った。

「祖父はこのクマが気に入ってたんです。逞しくて優しそうなところが自分に似てるって言って。私はこのカメに似てるって言われていたんですよ。のんびりしてるけど意外に頑固で長生きしそうだからって。懐かしい……」

珠希は大きな絵を眺めながら、入院中の祖父と交わしたやり取りを思い出す。

一度目の手術のあとしばらくは体調が落ち着いて、歩くこともできていた。談話室で同年代の入院患者と将棋を楽しんだり、テレビでゴルフ中継を見たりもしていた。面倒見がいい祖父を慕い、進路相談をもちかける高校生もいたほどだ。

「ほんと。人たらしで素敵なおじいちゃんだったな」

ふと自分の口から漏れた言葉に、珠希はハッとする。

五年ぶりに来たここは、決して悲しみばかりの暗い場所ではなかった。祖父との楽しい思い出もたくさん残っている、忘れてはならない場所だったのだ。

さっきまで緊張していたのが嘘のように、珠希は穏やかな気持ちでそれを実感する。

「僕も覚えてるよ。珠希さんがおじいさんを車椅子に乗せて、この絵を一緒に見ながらあーだこーだ言ってたところ。ちなみに僕はこのライオンなんだって。病棟を守る百獣の王だそうだ。褒めすぎだよね」

祖父と宗崎のやり取りを想像し、珠希は頬を緩めた。

「祖父がそう言ったのもわかる気がします。でも、病棟を守るというよりも、医療現場を守る百獣の王であってほしいですね」

「お、大きく出たね。でも、それも宗崎に託そうかな」

ははっと気楽に笑っているが、笹原の目は本気だ。

「それって、今以上に碧さんとの時間がなくなりそうで、複雑です」

珠希は拗ねた口ぶりで言い返す。ようやくふたりの気持ちが重なり、これから始まる本当の夫婦としての日々を楽しみにしているというのに、これ以上一緒にいられる時間が削られるのは、寂しすぎる。

もちろん碧の医師としての責任感を考えれば、それを受け入れるべきだとわかっているが、やはり寂しいものは、寂しい。

珠希は目の前に笹原がいるのも忘れ、ついため息をついてしまった。

「ごめんね」

「あ、いえ、違います」

笹原の言葉に我に返り、珠希は慌てて首を横に振る。

「私のことは気にしないでください」

碧に愛されているとわかった途端、わがままになってしまったようだ。珠希は自身が碧の仕事の邪魔になってはいけないと、気持ちを切り替える。

「宗崎には今日こそ早く帰ってもらうから、あまり落ち込まないで。……それよりも、大丈夫だっただろ？」

ふと表情が変わった笹原の言葉の意味を察して、珠希は肩の力を抜いた。

〝大丈夫〟というのは、珠希の祖父のことを暗に言っているのだろう。

「……はい」

ここに来て祖父のことを思い出しても、泣きたくなったり、悲しみで胸が潰れたりするようなことはなかった。それどころか当時の楽しく温かな時間がよみがえり、胸につかえていたものがすっと消えたような気がしている。

「なんだか、不思議です」

「不思議でもなんでもないよ。おじいさんは、珠希さんや拓真君とここでよく笑っていたからね。今までそのことを忘れていただけ。それだけだよ」

「そうかもしれません」

笹原の言葉を、珠希はしみじみとかみしめる。それに、と珠希は思う。

この間脳外科外来の待合で遠目から碧と紗雪の様子を眺めていたとき、祖父が使用していたものと同じタイプの車椅子を目にしても、身構えたほどの切なさや悲しみに心が揺さぶられることはなかった。

祖父に対する懐かしさがさざ波のように広がっただけで、拍子抜けしたほどだった。

五年という時間の中で、珠希が抱えていたやりきれない感情は、いつの間にか昇華されていたのかもしれない。

時間薬。

そんな言葉を思い出し、珠希はここに来てよかったと、改めて感じた。

「あ、笹原先生こんにちは」

背後のエレベーターが開く音がしたと同時に、女性の声が聞こえた。患者か、患者の家族だろう。

「ああ、如月さん、こんにちは」

笹原が女性の声に応えている。

見ると見覚えのある横顔が、笹原に会釈し歩き去るところだった。

「えっ」

一瞬目にした横顔に、珠希は瞬きを止めた。彼女は紗雪だ。珠希に気づかず、ナースステーションに一番近い病室に、足早に入っていく。

珠希の脳裏に、父親が座る車椅子を押していた彼女の後ろ姿がよみがえる。

あのとき、まっすぐ伸びた背中は凛々しく、毅然としていた。けれど、不安定な心情が足元に見え隠れし、何度もぐらりと揺れていた。彼女の精神状態がいっぱいいっぱいなのは明らかだった。

今もチラリと見えただけだが、彼女の表情は固く張りつめていて、少しの刺激で崩壊してしまいそうな危うさが感じられた。

「私と一緒だ……」

珠希は紗雪が入っていった病室を見つめながら、つぶやいた。

今の彼女は五年前の珠希に似ている。大切な人を失うかもしれない不安に押し潰されないよう、必死で耐えている。自分を強く見せ、明るく振る舞うことでバランスを保っているのだ。

「じゃあ、行こうか。実は遥香ちゃんからの手紙でね、ナースステーションに預けてあるんだ。午前中、遥香ちゃんから病棟宛てにお礼の手紙が届いて、その中に珠希さん宛ての手紙も入っていたんだよ」

笹原に声をかけられ、珠希はハッと振り返る。

「あ、遥香ちゃんのことは、私も気になっていたんです……え？　あの、今なにか聞こえませんでしたか？」

珠希は黙り込み、辺りを見回した。

「なにか？　いや、僕にはなにも？」

「気のせいかな……あ、またなにか声が聞こえたような」

珠希が耳を澄ませたとき、病棟内に甲高い声が響き渡った。

「私、なにも聞いてません。昨日までこの点滴は使ってませんでしたよね」

「笹原先生？」

「ああ、大丈夫だよ」

驚く珠希を安心させるように笹原は笑顔を見せる。

「珠希さん、悪い。ナースステーションで待っていてもらえるかな？」

「は、はい」

笹原は珠希の返事を待たず、声が聞こえたと思われる病室へ足早に向かった。

そこはたった今紗雪が入っていった、ナースステーションのすぐ目の前にある病室だ。出入り口の引き戸が開放されている。

もしかしたら、紗雪の父親の容態が思わしくないのかもしれない。祖父もそうだったと、珠希は思い出した。

「父の治療についてはすべて教えてくださいって言いましたよね。父がなにも言えないからって薬漬けにするなんてひどすぎます」

再度大きな声が部屋の中から聞こえ、ナースステーションの脇にいた珠希は、そっと振り返る。するとバタバタと足音がして、白衣姿の碧が病室に入っていった。

同時に年配の女性らしき声が聞こえてくる。

「紗雪、落ち着いて。先生はパパの容態に合わせてお薬を決めてくれてるんだから」

「そんなの信じられない。パパはいつになったら前みたいに笑えるようになるの？話せるようになるの？」

悲痛な声が病室から漏れ聞こえ、看護師が駆けつけた。

「如月さん、落ち着きましょう」

「だって、パパは……パパは……」

しばらくして、わずかに落ち着きを取り戻した紗雪の声が、珠希の耳にも届く。

紗雪はこれまで使われていなかった点滴が父親に投与されているのを見て容態が悪化したと思い、心のバランスを崩してしまったようだ。

懸念していた事態が現実となり、珠希は唇をかみしめた。

「如月さん」

碧の固く緊張している声が聞こえる。

珠希はこの場を離れるべきだと思いながらも、紗雪のことが気になり動けない。

「先日の手術のあとにもお話ししましたが、手術で完全に病巣を取り除くことはできませんでした」

珠希は病室に背を向けたまま、碧の声に耳を傾ける。

五年前に聞いた覚えがある言葉が、胸に痛い。

「お父さんが完全に以前と同じ生活ができるようになるのかどうか、今はわかりません。力不足で申し訳ありません」

「謝ってなんて頼んでない。パパを助けてほしいだけなのに……。だからここに転院させてもらったのに……」

紗雪のしゃくり上げる声が、やけに大きく聞こえる。

今紗雪が流しているに違いない涙も、胸に広がっているはずの悲しみも、同じ経験をしている珠希には、痛いほどよくわかる。

「……ごめんなさい。ちゃんと、わかってるの。先生たちが力を尽くしてくださっていること……わかっていて、だけど父の容態はちっとも……。失礼なことばかり言ってしまって、すみません……」

必死で自身を落ち着けながら、碧や笹原に謝罪している紗雪の声が、静かな病室に響いている。珠希は紗雪の苦しみを思い、両手をぐっと握りしめた。

「いいえ、謝らなくていいんですよ。患者さんだけでなくご家族の方も一緒に病気と向き合っているんですからね。不安になるのは当然です」

紗雪のそばに寄り添う衣ずれの音とともに、笹原が柔らかな声で彼女に語りかけている。

「はい……ありがとうございます」

幾分力強さが加わった紗雪の声を耳にし、珠希はそれまで止めていた息をそっと吐き出した。

「紗雪」

碧が落ち着いた声で紗雪に呼びかけている。つい今まで名字で呼んでいたのに、突然の名前呼びだ。

珠希は碧の変化に反応し、耳をそばだてた。

「聞きたいことや不安があったら、今みたいになんでも言ってほしい。スタッフみんな、どんなことでも受け止めるから、我慢しなくていい」

「そうね……」

碧に名前で呼ばれてわずかながらも気持ちがほぐれたのか、紗雪の声音に気安さが混じる。

「俺たち医師は、患者さんの病気を治すだけでなく、一緒に病気に向き合っているご家族の心も、救いたい」

ぶれることなくきっぱりと告げる碧の言葉が、静かな病室に広がる。

「ありがとう、碧が……いいえ、宗崎先生がここにいてくれてよかったです。……頼もしくて、なんだか安心します」

再び涙が混じる紗雪の声。けれどそこにさっきまでの悲壮感や混乱は感じられない。徐々に落ち着きを取り戻しつつあるようだ。

「私たち看護師もいますから、いつでも頼ってください。不安や悩みを抱え込んでばかりだと、いつか壊れてしまいますからね。そうなると患者さんの治療にも影響が出て回復が遅れますので、些細なことでも相談してください」

看護師の朗らかな声につられ、碧と笹原の口からも「そうですよ」と明るい声が漏れる。

「あ、ありがとうございます。……取り乱してしまってすみませんでした。でも、もう大丈夫です。父の病状に向き合っていく覚悟ができました。だからこれからも、父の治療をよろしくお願いします」

珠希は紗雪の前向きな声にホッと胸をなで下ろし、目尻に溢れていた涙を手の甲で拭った。

珠希は自宅近くのスーパーで、両手いっぱいの食材を買い込み帰宅した。

病院でどんなにつらいことがあっても、家ではそんな素振りはいっさい見せず平然と振る舞う碧のために彼の好物をたくさん作ろうと思ったのだ。

実は甘い物が好きな碧が気に入ってよく食べているチョコレートも、冷蔵庫に入れておく。病院からの呼び出しに備えてお酒ではなくコーヒーを飲むことが多いので、高級なコーヒー豆も奮発して用意した。

「早く帰ってきたらいいのに」

珠希は最近ようやく使い慣れてきた広く綺麗なキッチンに立ち、碧のために調理を続けた。

「今日もまた、俺の誕生日か？」

二十時を過ぎた頃に帰ってきた碧は、テーブルの上に並ぶ料理の品数の多さに驚き、苦笑している。

「そういうわけじゃないんだけど……」

まさか碧と紗雪とのやり取りを聞いて、碧の好物をたくさん作ったとは言えず、珠希は適当な理由をひねり出す。

「……お兄ちゃんのステージ復帰の前祝いです」

口に出した瞬間、珠希は目を泳がせる。こんな的外れな理由を、碧が信じるわけがない。珠希は自分の発想力の乏しさにしゅんと肩を落とす。

「……そうか、笹原先生から聞いたよ。あの和合拓真のステージ、今から楽しみだな」

「碧さん？」

珠希の言葉を素直に受け取る碧を、珠希はまじまじと見つめる。

まさか本気でそれを信じているのだろうか。

それならその方が都合がいいと、珠希は盛りつけ途中のサラダボウルを手に取った。

「碧さんが好きなフルーツトマトのサラダです。ドレッシングも用意してるからたっぷり食べて——きゃっ」

突然背中から抱きしめられ、サラダボウルを持つ珠希の手に、碧の手が重なった。

「ごめん」

耳元に触れた碧の吐息に、珠希は肩をすくめる。

「碧さん？」

見ると碧が珠希の肩に顔を埋めている。

肩にのる碧の重みが、紗雪から向けられた悲しみの大きさのように思えて、珠希は目の奥が熱くなるのを感じた。

手にしていたサラダボウルをテーブルに置いて、珠希はゆっくりと振り返り、碧と向き合った。

碧は顔を上げ、力なく珠希を見つめている。瞳の奥に不安げな光を認め、珠希の胸がチクリと痛む。

「どうせなら、顔が見えるこっちの方がいいです」

　ふふっと笑い、珠希は碧の背中に腕を回して力いっぱい抱きしめた。

　そして碧が着ている薄手のニットに頰を埋め、すりすりとその肌触りを堪能する。

「実はこのニットのことがずっと気になってたんです。想像通り柔らかくて気持ちいい。やっぱりカシミアは違いますね」

　碧はこのニットを大切に着ていて、毛玉の手入れをしているのを何度か見たことがある。

「いつも丁寧に扱ってるから、大事なものだと思って気になってました。やっぱり気持ちいい」

　そう言ってしがみついたまま離れようとしない珠希の頭を、碧はぽんぽんと叩く。

「これ、笹原先生の奥さんが何年か前の俺の誕生日に編んでくれたんだ。今いる脳外科の職員なら、ほとんどみんな持ってると思う」

「え、そうなんですか？」

　珠希は勢いよく顔を上げ、ベージュのセーターをじっくり観察する。

「編み目も揃ってるし、市販のセーターみたいです。私、編み針を手にしたこともないから、未知の世界にしか思えません」

「珠希」

呼びかけに顔を上げると、碧の唇が碧のそれに重なった。

「ん……っ」

珠希はいきなりのキスに戸惑うが、すぐに自らも唇を差し出した。掠めるだけのキスを何度か繰り返し、たまにお互いの舌先をからめ合う。コース料理の前菜のような軽い触れ合いに、気づけば碧の口から笑い声が漏れていた。

「どうしたんですか？」

そっと碧と距離を取り見上げると、碧が喉の奥で笑っている。

「いや、なんでもない。ただ、編み針を手にしたことがないっていうのが、納得だなと思って」

肩を揺らす碧に、音楽以外のことには不慣れだと知っているはずなのにと、珠希は唇を尖らせた。

「悪い。からかってるわけじゃなくて、なんだか、珠希らしくてホッとした」

碧はそう言って珠希の唇に再びキスを落とし、小気味いいリップ音を響かせた。

「このセーター、丁寧に扱えば長く着られるそうなんだ」

「だってカシミ――」

「アルパカなんだよ、これ。それもプレミアムアルパカ。丁寧に触れれば長く着られるし、抜群に暖かい。……珠希みたいだな」

「アルパカ……アルパカって、なに」

知っている毛糸の種類といえばカシミア一択。珠希は恥ずかしさに顔を赤らめる。

「いいんだよ。珠希はそのまんまで。アルパカと同じように丁寧に触れて、長く楽しませてもらうから」

絞り出すような声でそう言って、碧は再び珠希を抱きしめた。

「愛してるよ。このごちそうの理由にしたって、的外れなことを言ってごまかすのが下手なところも全部」

「あ……」

愛していると言われ舞い上がった直後、やっぱりばれていたのだと恥ずかしくなる。

珠希は照れくささを持て余し、碧に負けない強さで抱きしめ返した。


「笹原先生から珠希に謝っておいてくれって頼まれたよ。うちの病棟に来てたんだな」

食事を始めてすぐに、碧は思い出したように口を開いた。そして待ちかねていた好物の生姜《しょうが》焼きに箸を伸ばす。

口に入れる前から満足そうな表情を浮かべているのがおかしくて、珠希は笑いそうになるのを我慢する。

「一階で偶然笹原先生とお会いしたんです。五年ぶりの病棟だったので、少し緊張しました」

「うん……だろうな」

碧の手が一瞬震えて、箸の間から生姜焼きが取り皿の上にぽとんと落ちる。

「でも、意外に平気でした。忘れてた、というか思い出さないようにしていたいろんなことがよみがえってきて、楽しかったです」

「だったらよかった。あ、遥香ちゃんからの手紙も預かってるから、あとで渡す」

碧は安心したように笑い、再び生姜焼きの皿に手を伸ばす。

「笹原先生から珠希が病棟まで来ていたって聞いて、気になってたんだ。帰ってきたらこんなにごちそうが並んでるし、拓真さんのステージ復帰の前祝いとかおかしなことを言うから、料理に没頭するしかないほど動揺したのかって、正直焦った」

「あ……」

やはり珠希の的外れな言い訳は、碧には通用していなかったようだ。とはいえ張り切って料理を作った理由はばれていないようで、ホッとした。

「本当に、大丈夫だったのか？　俺がついていてやれなくて悪かった」

碧は固い表情でそう言うと、珠希の顔を心配そうに覗き込んだ。

「はい、大丈夫でした。安心してください。あ、このお料理も碧さんに食べてもらいたくて、作りすぎただけなんです」

「そうか。だったら、よかった……」

碧は軽くうなずき、口もとを緩めた。

祖父を亡くして以来、珠希が白石病院を避けていたことは、すでに碧に話してある。病棟まで来ていたと知って、相当心配したのだろう。

「碧さんの白衣姿、やっぱりかっこよかったです」

「え、いつ？　結構今日はバタバタしていて気づかなかったけど。声をかけてくれたらよかったのに」

「あ、それは。そうですけど」

珠希は言葉を濁す。

「実は。ごめんなさい。聞いちゃったんです」

珠希は箸を置き、頭を下げる。黙っていようかとも考えたが、やはり嘘はつけない。

「聞いたって、なにを？」

珠希の変化に気づいた碧も、目を細め箸を置いた。

「あの……」

珠希は立ち上がり、向かいに座る碧の隣の椅子に腰を下ろした。

そして椅子ごと碧に近づくと、両手で碧の手を掴んで互いの目を合わせた。

「如月紗雪さん」

珠希の口からこぼれたその名前に、碧の手に力が入る。

「まさか、あのとき病棟に来ていたのか？」

「はい。病状と……回復の見込みについて話をしていました」

「……そうだったな」

碧は顔を大きく歪めた。紗雪の涙を思い出しているのだろう。

「どうした？」

黙ったままの珠希の顔を、碧は覗き込む。

「私、あの、今日……」

珠希はいったん口を開いたものの、このまま言葉を続けていいものか悩み、碧から顔を逸らした。

「珠希？」

うつむく珠希の様子になにかを感じたのか、碧は珠希の身体を抱き上げると自身の膝の上にゆっくりと下ろした。

「あの」

「いいから、じっとしてろ」

戸惑う珠希の身体を横抱きにすると、両腕を回してすっぽりと包み込んだ。

「珠希？　どうしたんだ？　言いたいことがあるなら言っていいんだぞ」

「あ、はい。あの……私、今日の碧さんと紗雪さんのやり取りを聞いていて……」

そう切り出したものの、うまく伝えられる自信がなく不安で、珠希は再び口を閉じた。碧を傷つけてしまわないかと慎重になり、言葉が出てこないのだ。

「もしかして」

ふと聞こえた碧の声に、珠希は顔を上げた。

「……紗雪と紗雪のご家族に謝る俺の言葉を聞いて、おじいさんのことを思い出したのか？」

碧は珠希の顔を覗き込み、互いの額をこつんと合わせた。

「ごめんな。病棟に来るだけでも勇気が必要だったはずなのに、つらい場面を見せてしまって、悪かった」

碧はそう言うと、珠希の身体を優しく包み込む。まるで壊れ物を扱うかのような慎重な抱き方に、珠希は戸惑った。

「あの、違います」

珠希は慌てて身体を起こし、首を横に振る。

「たしかに病棟を訪ねたとき、おじいちゃんのことを思い出したんですけど、そのことじゃないんです。おじいちゃんのことならもう大丈夫なんです。思い出しても平気です。言いたいことは、そのことじゃなくて、あの」

「……珠希？」

あたふたしている珠希を、碧は怪訝そうに見つめる。

珠希は一度息を吐き出して気持ちを整え、碧と視線を合わせた。

「碧さんたちの話を聞いたとき、紗雪さんのお父様がおじいちゃんと同じ病気かもしれないって思ったんです」

「え？」

珠希の言葉が意外だったのか、碧は目を丸くしている。

「実は、前に病院を訪ねたとき、お父様の車椅子を押している紗雪さんを見かけて、おじいちゃんと同じタイプの車椅子だったから、そのときになんとなくそうかもしれないって思ったんです」

「あ、ああ。そうだったのか。だけど、ごめん。俺からはなにも話せない」

固い表情で言い切る碧に、珠希はうなずいた。

「はい。わかってます」

医師には守秘義務があり、患者について話すことはできないのだ。

「紗雪さんのお父様のことは、なにも聞きません。ただ……」

「ただ？」

言い淀む珠希の手を、碧は励ますように包み込んだ。

「なんでも話していいんだ。我慢しなくていい。ひとりで抱え込むな」

なにもかもを受け止めるような碧の力強い声と瞳に、珠希の心がすっと軽くなる。

「私……今日紗雪さんが病室で泣きながら碧さんや笹原先生に感情をぶつけている声を聞いて、実はホッとしたんです」

「……そうか」

「あ、ごめんなさい。碧さんや笹原先生のつらい気持ちはわかってるんですけど」

「いや、大丈夫。俺のことは気にせず、話してくれ」

珠希の頭をそっと撫で、碧は優しい声で先を促した。

珠希は思いを整理しながら、ゆっくりと口を開く。

「私、紗雪さんのことが気になっていたんです。お父様のことをひとりで抱え込んでいつか壊れてしまうかもって。それに、お父様に万が一のことがあったとき、私みたいになるかもしれないって心配だったんです」

珠希はたどたどしいながらもしっかりと思いを口にできていることに安堵する。

「だから、今日紗雪さんが碧さんや笹原先生に気持ちをぶつけているのを聞いて安心したというか。ひとりで抱え込まずに気持ちを吐き出すことができるのがわかってうれしかったんです……。私はそれができなかったから」

白石病院に来ることすらできずにいたこの五年を思い返し、珠希は肩を落とす。

「おじいちゃんの最初の手術のあと、告知を受けたんです。そのとき、笹原先生は私や家族に頭を下げて謝ったんです。すべての病気を治せる魔法使いじゃなくてごめんねって。そんなことを言われたら私、なにも言えなかった」

「珠希」

碧は珠希の身体を抱きしめ、子どもをあやすように身体を揺らす。前後に揺れるぎこちない動きに、珠希は思わずくすりと笑った。

「今はもう、大丈夫ですよ。五年経って、大丈夫になっていることに、最近気づけました」

「そうなのか？」

碧は眉を寄せ、腕の中の珠希を心配そうに見つめる。

珠希は碧の鎖骨あたりに頭をのせ、両手を碧の背中に回した。

「今日の紗雪さんは、五年前の私です。正確には、五年前に無理矢理押し殺した私です。本当は私も泣きたかったし、おじいちゃんを助けてって言いたかった。それに、おじいちゃんの腕に今まで見たことがない点滴が刺さっていたとき、病気が進んだと思って泣きました。だから、今日混乱していた紗雪さんの気持ちがよくわかるんです。だって、あれは五年前に消してしまった私だから」

「珠希……あのとき泣かせてあげられなくてごめん。珠希が気持ちを押し殺してることに気づいてたんだ。なのになにもしてやれなくて、ごめん」

碧は声を絞り出し、珠希を胸にかき抱いた。

「……え？　気づいてたって、それって」

珠希は顔を上げた。

「笹原先生から、なにか聞いているんですか？」

碧は力なく首を振る。

「聞いたんじゃない、見ていたんだよ。ご家族への告知のとき、笹原先生から少し離れた場所にいて、見ていたんだ。あのとき、珠希は笹原先生を責めなかったし、泣かなかった」

「あ……そういえば、たしかに笹原先生以外にもドクターが何人かいました」

告知を受けていた部屋の端に、白衣姿のドクターが数人立っていた。状況が状況だけに笹原の話を聞くだけで精一杯で、周囲に気を配る余裕などなく、今の今まで思い出すこともなかった。

「そのとき三人いたうちのひとりが俺だ」

「そうだったんですか……」

思いがけない偶然に、珠希は目を丸くした。

「笹原先生が頭を下げるのを、あのとき初めて見たんだ。医師としての意識をがらりと変えられるほどの衝撃だった。笹原先生が言うには、俺はその日から五年、仕事ばかりでなんのおもしろみもない人間だったらしい。それほど影響を受けたんだ」

「それって……」

以前笹原から聞かされた言葉を思い出す。五年というのは、そのことだったのだ。

「俺、病院の後継ぎとして期待されながら育ってきて、勉強もかなりできたんだ。だから医師になることに疑問もなくて、あっさり医学部にも受かって国家試験も余裕だった。だから天狗《てんぐ》になってたんだろうな。医師という肩書きを鼻にかけた、面倒な奴《やつ》だったと思う」

「……冗談ですよね。信じられないです」

患者のことが最優先でプライベートなどないも同然の今の碧の姿からは、まるで想像できない。

「俺も、今はあのときの自分が信じられないよ」

碧は顔を歪ませ、自嘲気味に笑う。

「患者さんに対して事務的で、技術はあるけど情がない仕事しかしてなかった。だけど、笹原先生が頭を下げる姿を見て、それまでの価値観が一気に崩れてしまったんだ。医師としての自分を過信しない。医師も薬も万能ではない。それをいつも心に留め置いて最善の力を尽くす。笹原先生はあの頃も今も、いつもそう言ってる。それって、当時の俺にとっては人生を変えるほどの言葉だった」

「私も笹原先生の姿を見て、ドクターに対する認識ががらりと変わりました」

珠希と碧は顔を見合わせ、笑い合う。

「珠希のご家族にも驚いた。笹原先生の言葉を冷静に受け止めて、ありがとうございましたと礼まで言ってくれた。製薬会社の方だとあとから聞いて納得したけど、それでも悲しみは相当なものだったはずだ。あのとき、無力感でいっぱいだった俺たち医師は珠希たちに救われたんだ」

言い終えた碧の目が、ほんの少し潤んでいる。

「でも私、本当は……笹原先生に本当の気持ちをぶつけたかったんです。どうして治せないんですかって。父さんにも、どうしておじいちゃんの病気を治す薬を作らないのって。でも、それは言っても仕方がないことだってわかってたから我慢したんです。だけど、今日紗雪さんが碧さんに感情をぶつけている声を聞いて、私もあのときちゃんと言えばよかったって思ったんです」

もしそうしていれば、それこそ時間薬に頼ることなくもっと早いタイミングで白石病院を訪ねることができて、祖父との楽しい思い出を振り返るきっかけを掴めていたかもしれないのだ。

「ごめんなさい。感情のままに気持ちをぶつけたら碧さんたちお医者様が困るだけなのに」

珠希はしゅんとうなだれた。

うつむく珠希を、碧は優しく抱き寄せた。

「俺が前に言ったこと、忘れた？」

背中を優しく撫でる碧の手の優しさに、珠希はゆっくりと顔を上げた。

「前に言ったよな。感情表現は、心と体にある程度の余裕があってのことだから、愚痴でもなんでも、医師として大歓迎って」

「あ……」

「だから、俺も珠希と同じ。紗雪が感情をぶつけてくれて、ホッとした。お父さんの病状を心配してずっと張りつめていたから、いつか壊れてしまうんじゃないかって病棟のスタッフたちも心配していたんだ」

碧は穏やかにそう口にすると、柔らかな笑みを浮かべた。

「院内には患者の家族の精神的なケアを担当するカウンセラーが常駐してるから、紗雪はその力も借りて、お父さんの治療に付き添うことになったよ」

「カウンセラー？　五年前にはなかった気がしますけど」

祖父の入院中、ほぼ毎日白石病院を訪れていたが、カウンセラーの存在には気がつかなかった。もし知っていれば、きっと訪ねていたはずだ。

「拓真さんだよ。自分も悲しい思いを経験したからって、白石病院にかなりの額の寄付をしてくれたんだ。そのおかげで患者の家族のサポートを充実させる体制を整えることができた。カウンセラーの常駐もそうだし、すぐ近くにリフレッシュできる宿泊施設も用意した。それが三年前だ」

「そ、そんなこと、聞いてない」

思いがけない事実を聞かされ、珠希は声を詰まらせた。

「珠希が泣きたいのを我慢して、不安をひとりで抱え込む姿を見てどうにかするべきだって考えたそうだ。病気はひとりで立ち向かうものじゃなく、家族や愛する人とともに向き合って、治療していくものだから。家族へのサポートも重要なんだよ」

碧はいつの間にか珠希の頬を流れていた涙を指先で拭う。

「だから、珠希もいくらでも愚痴っていいし、怒ってもいい。拗ねてもいい。だけど、それってかわいすぎるんだよな。俺の前限定ってことで。わかった?」

「……頼りにしてます」

泣き笑いで答える珠希の言葉に、碧はにやりと笑う。

「とはいっても、珠希は患者じゃなくて、愛する妻だけどな」

「な、そ、そういうのは、慣れてないのでいきなりはやめてください」

「はいはい。顔が真っ赤でかわいいな。……俺の愛する妻は」

碧はそう言ってひとしきり笑い声をあげたあと、神妙な顔で珠希に尋ねた。

「ひとまずしんみりした話はこれくらいにして、食事を再開していいか? さっきからあの唐揚げが気になって仕方がないんだ」

その晩ふたりはベッドに入るまでの時間を、防音室で過ごしていた。

珠希は毎晩ここでクリスマスイベントで弾く曲の練習をしているのだが、急遽決まった拓真との競演のおかげで新たに二曲追加になったため、練習時間も必然的に増えている。

「今の演奏は、完璧じゃないのか?」

「そう聞こえるかもしれませんが、実はいくつか音符を飛ばしちゃいました」

「へえ。素人にはわからないから、別に気にしなくていいと思うけど?」

リラックスした様子でソファに座っている碧に、珠希も同意する。

「実は私も教室で教えるとき以外はそう思いながら弾いてるんです。楽しいのが一番なので」

「だよな。だったらこれ以上練習する必要ってあるのか?」

「あるんです。なんといっても和合拓真との競演なので」

珠希はエレクトーンの設定を変更しながら、思っていた以上に大変だなと苦笑した。

「今日一曲合わせてみたんですけど、お兄ちゃん、びっくりするくらい完璧だったんです。自宅にグランドピアノを置いているので絶対に毎日練習していると思います」

本人もそれを認めていたが、拓真のことだから、当日までにさらにブラッシュアップしてくるはずだ。ピアノに関しては完璧しか認めない拓真にとって、会場の収容人数が三百人程度で素人ばかりが見に来るイベントであっても、ヨーロッパの有名コンクールに参加するときと同じレベルに仕上げてくるに違いない。

今となってはもう遅いが、和合拓真の久々のステージなら、観客席で聴きたかったと、後悔ばかりだ。

「今日はもう十分練習したからいいと思うけど?」

「碧さん……」

いつの間に近くに来ていたのか、背中から伸びた碧の手が、珠希のパジャマの胸元のボタンを外していく。碧は珠希がここで練習するのを一時間以上見ていたが、いよいよ待ちくたびれたようだ。

「あの、ここじゃ、だめですよ」

とっさに珠希が碧の手を掴んで止めようとしても、碧は気にするでもなくもう片方の手で、素早くボタンを外した。

その手慣れた動きに呆然としながら、珠希は抵抗もなにもできずに見守っている。

「あ……」

碧は躊躇なくパジャマを開き、豊かな乳房を背中から揉みしだく。形を変えながらその柔らかさを楽しむように、じっくりと……。

「碧さん……っ」

両手で下から持ち上げられるように触れる碧の手は優しく、珠希はそれだけで声が漏れそうになる。

「だめ。ここじゃ……」

「だめじゃないだろ？　ずっと待ってたみたいだけど。とくにここが」

碧は意地悪にそう言って、上を向いた頂をきゅっと指でつまむ。

「あぁっ」

我慢できずに声をあげ、珠希は身体を大きくのけ反らせた。

もともと感じやすかった先端が、碧の愛撫《あいぶ》によって最近さらに感度を増している。

碧は執拗にそこを責め立て、そのたび珠希の身体は大きくしなり、身体は椅子からずり落ちてくる。

碧は珠希を背後から受け止め、カーペットの上に横たわらせた。力なく四肢を伸ばした身体は桃色に染まり、ひどく扇情的《せんじょうてき》だ。碧はゴクリと喉を鳴らした。

「こっちもだよな」

碧は間を置かず、珠希の下腹部へと手を伸ばす。

「やっ。いや」

珠希の声にいつの間にか甘さが混じっていて、本気で抵抗していないとわかる。

碧は口もとだけで笑みを漏らし、躊躇なく珠希の身体の奥へと指先を進めていった。

「ああっ」

すでにショーツの中は湿り気を帯びていて、ときおり水音が防音室に響いている。

「碧さん、ここじゃ、いや」

乱れた呼吸の合間、何度もその言葉を繰り返し、珠希は首を横に振る。

身体のどこもかしこも熱を持ち、紅潮している。とろんとした目で碧を見つめる姿は妖艶《ようえん》で、ついさっきまで鍵盤に向き合っていた姿とは、別人のようだ。

「どっちの珠希も、俺好み。とりあえず俺も限界だ」

碧は乱暴な仕草で珠希を抱き上げると、途中何度もキスをしながら寝室に向かった。

ふたつの荒い呼吸が混じり合う寝室には、愛し合ったばかりの濃密な空気が立ち込めていた。

珠希はベッドの中で浅い呼吸を繰り返しながら、隣で両手を広げている碧の胸に身体を寄せた。

碧は珠希の顔を愛しげに見つめ、触れるだけのキスを落とす。

「も、もう、今日はおしまいです。これ以上は私の身体がもちません」

「それはどうだか」

抱かれたばかりの珠希の身体は全身が赤く上気していて柔らかい。その肌触りを楽しむように、碧は珠希をゆったりと抱きしめる。

「無理をさせたよな？　ごめんな」

そう言いながらも碧はくすくす笑っていて、本気で謝罪しているとは思えない。それどころか珠希の回復を待って夜明けまでにもう一度と、タイミングを図っているのは明らかだ。

「無理どころか、もう限界です」

背中を撫でている碧の指先からその熱情を察し、珠希は首を横に振る。

抱き潰された身体には力が入らず、ベッドから降りることもできそうにない。限界というのは決して大げさに言っているわけではないのだ。

「これじゃエレクトーンを弾くどころじゃありません」

できればあと一時間くらいは練習しておきたかったが、今のこの状態では無理だ。

「イベントでお兄ちゃんの足を引っ張りたくないのに……もう」

珠希は唇を尖らせ、碧の背中を軽く叩いた。けれど脱力している身体では思うように力が入らず、微かに触れる程度だ。

「ごめんごめん。俺のことをほったらかしてエレクトーンに夢中になってるから、嫉妬したんだよ。だからつい、加減できなかった」

「ほったらかしって……子どもですか。教室に通う小学生の生徒でも、もっと理性的ですよ」

この間は大宮に嫉妬し、今日はエレクトーンだ。その大人げない思考回路に、珠希は思わず笑い声をあげた。

「エレクトーンの練習だって、イベントが終わればペースも落ちます。今だけ我慢してください。イベントが終われば私だって……」

「私だって……？」

「あ、いえ、なんでもないです」

珠希は思わず口をついて出た言葉に慌て、碧の胸に顔を埋めた。

実は珠希も碧ともっと愛し合いたいと思っているのだ。そんな本音をつい漏らしそうになり、恥ずかしくて身体中が熱くなる。

「珠希」

頭上から聞こえる声に、珠希はさらに強い力で碧にしがみつく。

「イベントが終わったら存分に抱くから。楽しみにしてろ」

碧は優しい声でそう言って、珠希の背中をポンポンと軽く叩く。

その規則的な動きに珠希の気持ちも次第に落ち着いてくる。

「拓真さん、今度の競演のこと、少し前から考えていたみたいだな」

静かな寝室に、碧の声が響いた。珠希はもぞもぞと顔を上げる。

「今日病院で告知ポスターを見てその気になったって言ってましたよ」

「最終的に決めたのは今日かもしれない。でも、イベントがあるのを知ってからずっと考えていたと思う」

「でも」

珠希には碧の言葉がどうしても信じられない。今日も帰り際『王子様が降臨するのを期待してろ』などとふざけていたのだ。

「自分ひとりが音楽を続けているっていう引け目を、珠希から綺麗さっぱり取り除いてやりたいって。そんなことを言ってた。……いいお兄さんだな」

碧はしんみりとした声でそう言って、珠希の頭を優しく何度も撫でる。

「はい。それはもう、昔からよくわかってます」

珠希は鼻の奥がつんと痛くなり、慌てて碧の胸に顔を埋めた。

白石病院へ寄付をしていたことも含め、今日は朝から晩まで拓真に振り回されている。そろそろいい加減にしてほしい。

「王子様ばりの見た目で大企業の御曹司。おまけにピアノの腕もピカイチ。なにより俺以外で珠希を泣かせることができる唯一の男」

碧は指折り数え、芝居じみた声でつぶやいている。

「考えてみたら、他のなにより俺が嫉妬するべきは和合拓真だよな」

「お兄ちゃんにまで嫉妬しないでくださいね」

碧の胸から顔を上げ、珠希はぴしゃりと言い放つ。

「私を守るのは碧さんひとりなんですから」

「当然だろ。今さら言われなくてもわかってるよ。なにがあっても、俺が珠希を守るし、愛し続ける」

甘美な表情を浮かべ、力強い声で言い放つ碧の身体を、珠希は幸せをかみしめながら抱きしめた。

第七章　クリスマスの花火

白石病院のクリスマスイベントは大成功だった。

毎年白石グループの装飾デザインの専門会社が会場の設営や装飾を手がけていて、今年も会場内はとても華やかだった。

ステージ上にはクリスマスツリーがどんと置かれていて、終演後はツリーの下に並べてあるプレゼントを子どもたちが取りに行くというお楽しみつき。会場に来られない子どもたちには、サンタが病棟を訪ねてプレゼントを手渡していた。

「来年も参加したいですね」

一緒に参加した仲間たちは一様に同じ言葉を口にし、クリスマス以外にも、定期的に演奏会を開催できないかと考え始めている。もちろん珠希も参加するつもりだ。

とても素敵なクリスマスイベントだった。

「お兄ちゃん、お疲れ様。気をつけて帰ってね。うれしいのはわかるけど、くれぐれも慌てないで」

珠希は拓真の控え室を訪ね、声をかけた。

「ああ、珠希もお疲れ。タクシーを呼んだから今から帰る。悪いけど、こちらへのご挨拶は日を改めて伺うって伝えておいてくれ。じゃあな」

すでにコートに袖を通していた拓真は、慌ただしくそれだけを言い残し、控え室を飛び出していった。

「あれでちゃんとパパになれるのかな」

珠希は走り去る拓真の後ろ姿を眺めながら、肩をすくめた。

昨日から体調が優れなかった麻耶が、今日白石病院を受診して妊娠がわかったのだ。

拓真はそのことを演奏前に知り、興奮状態でステージに立った。結果的には現役時代以上の完璧な演奏を披露し、喝采《かっさい》を受けていた。

久しぶりに表舞台に登場しただけでなく、ブランクを感じさせない素晴らしい演奏を披露したことで、クリスマスイベントの取材に来ていたマスコミからの問い合わせが相次いだ。

しばらくの間は音楽業界からの復帰依頼が続きそうだと、イベントを見に来ていた和合製薬の広報部長が頭を抱えていた。

そこに加えて麻耶の妊娠だ。拓真はしばらくの間、気が休まらない日々が続くのだろう。

拓真の幸せな未来を想像し、珠希は自然と顔をほころばせていた。

それから事務局への挨拶を済ませ、珠希が白石病院を出ようとしたとき、スマホに碧からメッセージが届いた。仕事が終わったようだ。

【病棟を出た。今どこにいる？】

急いでいるのか簡潔な文章に、珠希は笑った。

【一階ロビーにいます】

珠希が送信したと同時に足音が聞こえ振り返ると、病棟に続く通路からやってくる碧の姿が見えた。

「碧さん、お疲れ様」

「ああ、珠希もお疲れ様。笹原先生に聞いたけど、今日、弾かなかったんだって？」

顔を合わせた早々、碧は神妙な表情で珠希に問いかけてきた。碧は今日、急患が続きイベントに来られなかったのだ。

碧は珠希の手を取り、歩きだす。これから碧が予約している店で、鍋料理を楽しむ予定なのだ。

「そうなんです。時間切れで、弾けなかったんです」

「時間切れって、そんなこと、あるのか？」

眉をひそめる碧に、珠希は大げさな動きでうなずいた。

「それがあるんですよ。なんせ和合拓真が登場しちゃったので、まあ仕方がないですね」

あっけらかんと話す珠希を、碧は複雑な表情で見つめている。珠希が落ち込んでいるのではないかと考えているのだろう。

「私なら大丈夫ですよ。気にしないでください。だって、あんなにうれしそうにしてる子どもたちを見たら、私までうれしくなったんです」

「そうか」

相変わらず元気のない碧に、珠希は苦笑する。

碧に元気がないのは、クリスマスイベントで珠希が演奏できなかったからだ。

シークレットゲストとして登場した拓真の演奏をもっと聴きたいというアンコールがやまず、珠希の出演時間をカットし、拓真の演奏を続けたのだ。

アンコールの途中、小児病棟に入院している子どもたちの中から体調に問題のない子たちがステージに上がり、即興のピアノ教室も開かれた。

普段触れることのない楽器に子どもたちは大喜びで、目を輝かせていた。

珠希もステージに上がって、拓真のアシスタントとして子どもたちに指導したのだが、とても楽しくて、新しい日常に足を踏み入れたような気がした。

病院を出て、タクシーをつかまえようと大通りに出たとき、珠希は数歩前に回り込み、碧を見上げた。

「碧さん」

珠希は意を決して口を開く。

「前に碧さんが言ってくれたように、我が家の防音室で音楽教室を開こうと思ってるんです。身体に弱点があって、配慮が必要な子どもたちのための音楽教室。迷惑はかけませんから、考えてもいいですか？」

あの家はもともと碧の家であり、エレクトーンも碧からのプレゼントだ。珠希は碧の同意がなければあきらめようと考えていた。

「迷惑なわけないだろう？　なんなら俺も手伝うよ。医師がいた方が参加できる子どもの範囲が広がるし、親も安心だ」

思いがけない碧の言葉に、珠希は笑顔を弾けさせ、文字通り飛び上がって喜んだ。

「ありがとうございます。碧さんが一緒なら、本当に実現できそうです。早速考えてみますね。うれしい」

「おい、喜ぶのはいいけど、まずは食事だ。昼も食べてないんだ」

碧は珠希の肩を抱き、歩みを速めた。

「予約の時間には間に合いそうですね」

碧を見上げれば「余裕」と笑顔が返ってくる。

患者の容態次第では今日も帰れないと言われていたが、こうしてクリスマスの夜を一緒に過ごせることになり、珠希ももちろん笑顔だ。

「あ、明日の衣装合わせ、楽しみですね」

白石ホテルに出向いての衣装合わせには双方の両親も参加する。

「珠希は母親たちの着せ替え人形になりそうだな」

碧は冗談めかして言っているが、冗談で終わらないはずだ。

「着せ替え人形でもいいんです。碧さんとこうして笑っていられるなんて、結婚したときには考えられなかったから。他のことはどうとでも、問題ありません」

お互いに事情を抱えた政略結婚。珠希はいずれ碧を解放しなければならないと考え、本音では碧と添い遂げたいと願いながらも、時期を見て離婚するつもりでいた。いつも意識の中にそのことがあり、珠希はどれだけ碧に抱かれても、ふたりの間に距離を感じて切なかった。

それが今ではこうして相手への愛情を隠す必要もなく、存分に寄り添っていられる。

これほどの幸せを手に入れたのだ、他のことなどどうでもいい。着せ替え人形になることなど悩みでもなんでもないのだ。

「私、こうやって当たり前のように碧さんと一緒にいられるのがうれしくて仕方がないんです」

「な、ま、まあ、そうだな」

普段肩を抱くだけでも照れて顔を真っ赤にする珠希が、ときおりさらりと大胆な言葉を口にする。今も簡単に碧を使い物にならなくしてしまった。

「俺、珠希に骨抜きにされる未来しか見えないんだけど」

「え、なにか言いましたか」

「いや、別に。ただ、珠希があまりにかわいくて、食事どころの気分じゃなくなったって言っただけ」

仕返しとばかりにそう言ったものの、結局珠希は花がほころぶように笑い、仕掛けた碧は照れて視線を泳がせている。

そのとき、少し離れた空に、花火が大きく広がった。続けていくつもの大輪が夜空に咲き、周囲の人たちも足を止めて見上げている。

「綺麗ですね」

珠希も一心に空を見上げている。

「白石ホテルの花火だな。ライトアップは季節問わずだけど、花火は夏とこの時期だけなんだ」

碧の説明にも珠希は上の空でうなずき、瞬きすら惜しむように花火を見つめている。

碧は珠希の肩を抱き、唇を重ねた。

「愛してるよ」

その瞬間、ひときわ大きな音とともに、辺りがまるで真昼のような光に包まれた。


【完】

あとがき

こんにちは。惣領莉沙です。

『エリート外科医との政略結婚は、離婚予定につき～この愛に溺れるわけにはいきません～』をお手に取っていただきありがとうございます。

今回は大きな勘違いによって政略結婚を受け入れたものの、いずれ離婚をして愛する男性の幸せを守ろうとする女性のお話です。

ヒロインとの結婚に向けて策を練るヒーローの強引な男としての顔と、真摯な努力を惜しまない医師としての顔。どちらも魅力的な彼と、奥手な彼女が幸せになるまでを、どうぞお楽しみください。

実は、今作には私の実体験も一部含まれています。

ヒロインの場合は祖父ですが、私は母が亡くなった病院に長い間行くことができませんでした。母の闘病生活を思い出すのがつらくて行けなかったのです。

けれどその病院で出産することになり、すでに自分が立ち直っていることに気づくことができました。本編でも少し触れていますが「時間薬」だと思います。

それ以来、悲しいことがあっても時間が解決してくれるはずだと考えて、気持ちを盛り上げるよう心がけています。

とはいえこれがなかなか難しくて。結局、おいしいスイーツや応援しているアイドルの映像、そして大好きな小説やコミックに心癒やされて解決することの方が多いような気がします。

そんな癒やしのひとつとして、今作が誰かのお役に立てれば幸いです。


今回初めてのご縁をいただいた篠原様、妹尾様。本当にお世話になりました。遅筆な私に粘り強くアドバイスを下さり、感謝ばかりです。

そして芦原モカ様。イメージ通りの素敵なイラストを、ありがとうございました。

最後になりますが、携わってくださった皆様、そしてなにより読者様、これからも、よろしくお願いいたします。

このご縁が末永く続きますよう、いっそう精進いたします。

惣領《そうりょう》莉沙《りさ》

惣領莉沙先生への
ファンレターのあて先

〒104-0031
東京都中央区京橋1-3-1
八重洲口大栄ビル7F
スターツ出版株式会社　書籍編集部　気付

惣領莉沙先生

本書へのご意見をお聞かせください

お買い上げいただき、ありがとうございます。
今後の編集の参考にさせていただきますので、
アンケートにお答えいただければ幸いです。

下記URLまたはQRコードから
アンケートページへお入りください。
https://www.berrys-cafe.jp/static/etc/bb

ベリーズ文庫

エリート外科医との政略結婚は、離婚予定につき ～この愛に溺れるわけにはいきません～

2022年9月10日　初版第1刷発行

著　者　惣領莉沙
©Risa Soryo 2022
発行人　菊地修一
デザイン　カバー　ナルティス
フォーマット　hive & co.,ltd.
校　正　株式会社鷗来堂
編集協力　妹尾香雪
編　集　篠原恵里奈
発行所　スターツ出版株式会社
〒104-0031
東京都中央区京橋1-3-1　八重洲口大栄ビル7F
TEL　出版マーケティンググループ　03-6202-0386
(ご注文等に関するお問い合わせ)
URL　https://starts-pub.jp/
印刷所　大日本印刷株式会社

Printed in Japan

乱丁・落丁などの不良品はお取替えいたします。
上記出版マーケティンググループまでお問い合わせください。
定価はカバーに記載されています。

ISBN 978-4-8137-1318-0　C0193

ベリーズ文庫 2022年9月発売

『クールな凄腕パイロットは、新妻への激愛を鎮められない～社内極秘婚～』 若菜《わかな》モモ・著

親の再婚でパイロットの陵河と義兄妹になった真衣は、自分もCA志望であることから彼と急接近し両想いに。やがて陵河と同じ会社に就職し結婚するが、夫婦関係を秘密にすることを提案する。しかし、フライト先での滞在中に真衣を誘い出したりと、独占欲を抑えず甘く迫ってくる彼に翻弄されてしまい…!?

ISBN 978-4-8137-1316-6／定価726円（本体660円＋税10%）

『婚約解消するはずが、宿敵御曹司はウブな許嫁を愛で尽くす～甘くほどける政略結婚～』 蓮美《はすみ》ちま・著

社長令嬢の陽菜は御曹司・怜士との政略結婚が決まっている。陽菜にとって怜士は初恋相手だが、彼は自分を愛していないと思い込んでおり、顔合わせの場で婚約破棄を宣言。しかし、怜士は「お前は俺のものだ」と熱い眼差しで陽菜を組み敷き!?　秘められていた激愛をたっぷり注がれ、陽菜は陥落寸前で…。

ISBN 978-4-8137-1317-3／定価726円（本体660円＋税10%）

『エリート外科医との政略結婚は、離婚予定につき～この愛に溺れるわけにはいきません～』 惣領《そうりょう》莉《り》沙《さ》・著

家業のためにエリート脳外科医の碧とお見合いをした社長令嬢の珠季。人柄の良い碧を父の会社の事情に巻き込むことに後ろめたさを感じるが、両親の期待を裏切れず入籍する。愛のない結婚のはずが、夫になった碧はなぜか独占欲を剥き出しに珠季を攻め倒す。予想外の溺愛に翻弄される日々が始まって…。

ISBN 978-4-8137-1318-0／定価715円（本体650円＋税10%）

『秘夜に愛を刻んだエリート御曹司はママとベビーを手放さない』 一ノ《いちの》瀬《せ》千景《ちかげ》・著

家業の画廊を守るため、大企業の御曹司に嫁ぐことになった清香。家のためと諦めていたが、片想い相手でかつて一夜を共にした志弦と顔合わせの場で再会する。婚約者の兄という許されない関係ながらふたりは惹かれ合い、清香は妊娠。ひとりで娘を育てていたけれど、清香を探し出した彼に激愛を注がれて…!?

ISBN 978-4-8137-1319-7／定価715円（本体650円＋税10%）

『交際0日、冷徹御曹司に娶られて溺愛懐妊しました』 紅《くれない》カオル・著

ブライダルサロンで働く茉莉花は、挙式直前に逃げ出した新婦の代役として御曹司の吉鷹と式を挙げる。式を終え解放されると思ったのに「キミとは神の前で永遠の愛を誓った仲だろう」――なぜか吉鷹は茉莉花を気に入り、本物の妻に指名されてしまう。傲慢だったはずの彼に溺愛され、茉莉花の懐妊が発覚し…!?

ISBN 978-4-8137-1320-3／定価715円（本体650円＋税10%）

ベリーズ文庫 2022年10月発売予定

Now Printing

『子連れ政略結婚～あなたの子ですが秘密にしておきます～』 砂川雨路《すながわあめみち》・著

勤め先の御曹司・豊に片想いしていた明日海は、弟の望が豊の婚約者と駆け落ちしたことへの贖罪として、彼と一夜をともにする。思いがけず妊娠した明日海は姿を消すが、2年後に再会した彼に望を探すための人質として娶られ!? 形だけの夫婦のはずが、豊は明日海と娘を宝物のように守り愛してくれて…。

ISBN 978-4-8137-1331-9／予価660円（本体600円＋税10%）

Now Printing

『エリート御曹司と身代わり婚約』 未華空央《みはなそらお》・著

従姉妹のお見合いの代役をすることになったネイリストの京香。しかし相手の御曹司・透哉は正体を見抜き、女性除けのために婚約者になれと命じてきて…!? 同居生活が始まると透哉は京香の唇を強引に奪い、甘く翻弄する。「今すぐ京香が欲しい」――激しい独占欲を滲ませて迫ってくる彼に、京香は陥落寸前で…。

ISBN 978-4-8137-1332-6／予価660円（本体600円＋税10%）

Now Printing

『仮面夫婦のはずでした【極上四天王シリーズ】』 佐倉伊織《さくらいおり》・著

大手不動産会社に勤める里沙は、御曹司で若き不動産王と呼び声が高い総司にプロポーズされ、電撃結婚する。実はふたりの目的は現社長を失脚させること。復讐目的の仮面夫婦のはずが、いつしか総司は里沙に独占欲を抱き、激愛を刻み付けてきて…!? 極上御曹司に溺愛を注がれる、四天王シリーズ第一弾!

ISBN 978-4-8137-1329-6／予価660円（本体600円＋税10%）

Now Printing

『本能で惹かれあう私たちは、この愛に抗えない』 春田《はるた》モカ・著

産まれる前から許嫁だった外科医で御曹司の優弦と結婚することになった世莉。求められているのは優秀な子供を産むことだが、あることから彼の父親へ恨みを抱えており優弦に対しても心を開かないと決めていた。ところが、嫁いだ初日から彼に一途な愛をとめどなく注がれ、抗うことができなくて…!?

ISBN 978-4-8137-1333-3／予価660円（本体600円＋税10%）

Now Printing

『円満離婚のはずでした』 水守恵蓮《みずもりえれん》・著

看護師の霞は、彼氏に浮気され傷心中。事情を知った天才脳外科医・霧生に期間限定の契約結婚を提案される。快適に同居生活を送るもひょんなことから彼の秘密を知ってしまい…!?「君には一生僕についてきてもらう」――まさかの結婚無期限延長宣言! 円満離婚するはずが、彼の求愛から逃げられなくて…。

ISBN 978-4-8137-1330-2／予価660円（本体600円＋税10%）

タイトル、価格等は変更になることがございますのでご了承ください。